JN076420

文学する中央線沿線

小説に描かれたまちを歩く

矢野勝巳
Katsumi Yano

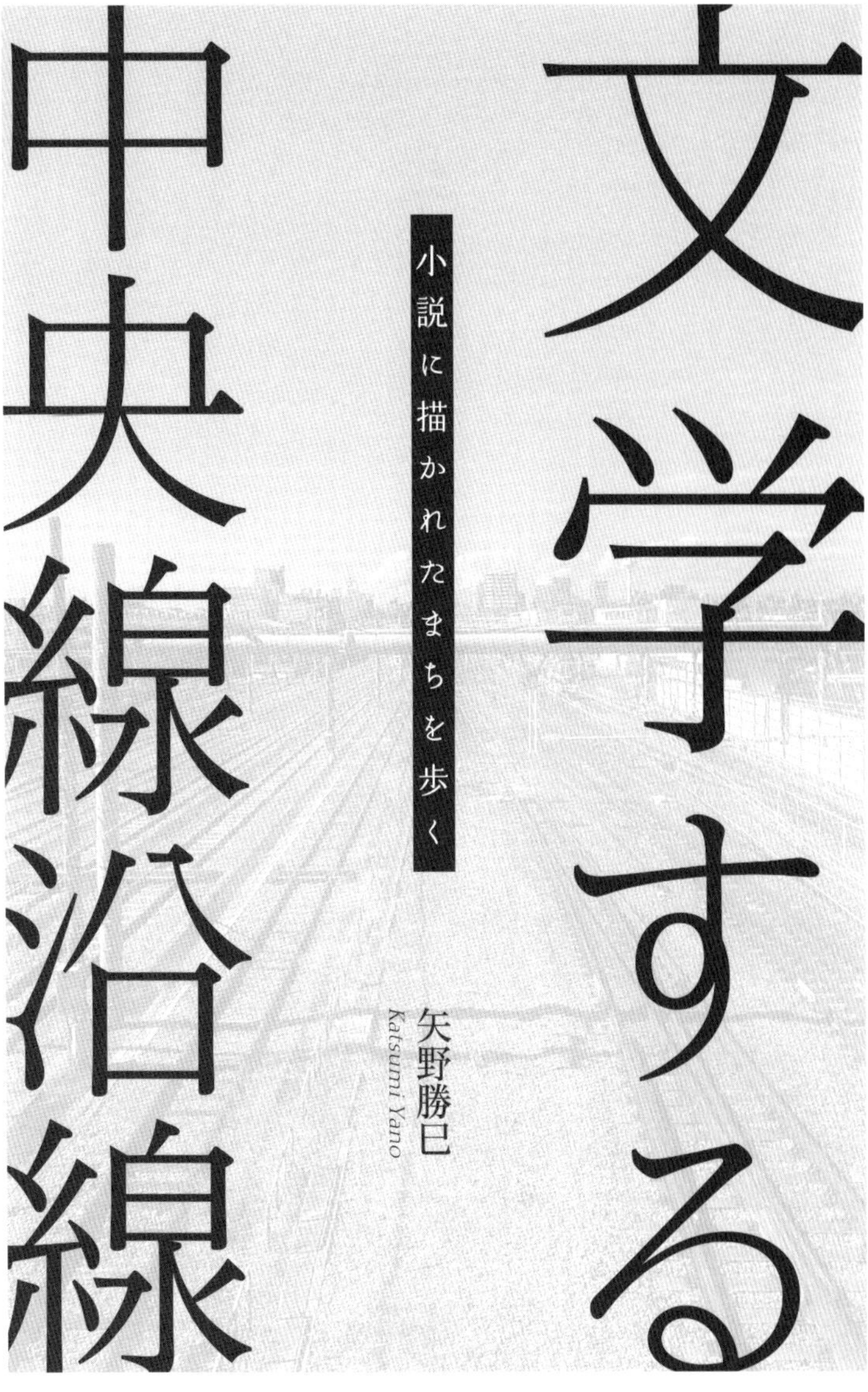

はじめに

小説をはじめとした文学作品を読む楽しみは多岐にわたるだろう。作品は現実の生活と離れて別の世界に連れて行ってくれる伴走者として、また恋愛や友情や別れなどを追体験させてくれる心の友として、さらに訪れたことのない海外の町や歴史の中の町に入っていくための装置としても読まれている。

そのなかに、地域の身近な風景が作品のフィルターを透して見ると新たな風景になるという読み方を加えるとより楽しい。なんの変哲もないと思っていた日常の風景が陰影を醸し出す。まちを歩く人々が登場人物に重なる。言葉を変えれば、文学でしか表現できない地域の風景や人々の暮らしあるいは土地の記憶がある。

私の個人的な読書体験だが、一九八〇年代に当時話題となった新たな都市論に関心を持ち、様々な都市に関する文献を読んでいた。特に、海野弘『モダン都市東京　日本の1920年代』（一九八三年）や松山巌『乱歩と東京　1920都市の貌』（一九八四年）または前田愛『幻景の街』（一九八六年）などに触発され、東京のなかの文学あるいは文学のなかの東京への関心が高まった。

この分野を調査する直接のきっかけは「三鷹文学散歩マップ」（三鷹市教育委員会　二〇〇〇年）

の制作に携わったことであるが、その後、「三鷹市市制施行60周年記念展　三鷹ゆかりの文学者たち」（二〇一〇年）の企画・実施を担当し、三鷹という地域と文学との関連をより深く調べた。

三鷹市役所の退職後は、調査研究の範囲を広げ、「中央線沿線の文学風景」をテーマに沿線各地の自治体などで講演を行うようになった。作品の中の人物は移動する。中央線沿線というエリアを意識して作品を読むと面白く様々な発見があった。また、文学作品に関連した沿線の各地を歩き、地域の魅力や奥深さを知った。

中央線は東京駅から高尾までだが、本書においては一八八九（明治二二）年に開業した中央線の前身「甲武鉄道」の当初の路線である新宿以西の中央線の沿線を範囲としている。山手線の内側である新宿以東の中央線と以西では歴史的・文化的な性格が異なる。郊外都市としての中央線沿線の都市と文学との関係について私は特別な興味と関心があるため、新宿以西に限っている。

沿線には関東大震災以降、多くの文学者が移り住み沿線の各地を作品に描いてきた。今も作品の舞台が各地に生まれている。この沿線の文化的な特色である。この地は中央線沿線という統一感はあるものの、南北で異なりさらに二〜三駅ほど離れるとかなり性格の異なった地域となる。それは作品にも反映され、作品の舞台を歩いていても変化があり楽しい。

本書では文学と地域の風景との関係を巡る様々な言説を紹介した後、七か所の地域ごとにベストセラーから最近注目されている作品まで二十二人の現代作家の特色のある作品を地域の視点から読み解いている。また、地域ごとに関連する作品を多数紹介している。さらに、沿線にゆかりのある村上春樹や多和田葉子など六人の著名な作家がどのように地域の風景を認識し描いてきたのかを、作家ごとに特集テーマを設け考察している。また、作品に関連した地域の歴史や文化にも触れている。

戦後の高度経済成長期以降、特に現代である一九八〇年以降に刊行された小説を中心に解説している。読み通すと中央線沿線の魅力あるいは発展ないしは喪失の歴史が多様な作家の眼を通して新たに見えてくるのではないだろうか。この沿線各地は日本の郊外都市の象徴でもある。住んでいる地域あるいは好きな作家などどこからでも読んでいただき、ぜひ「文学する中央線沿線」を体験してほしい。

※作品引用は基本的に節末に記しているが、文庫と単行本の複数記している時は、原則として刊行年の新しい文庫を引用している。なお、地名のふりがなの一部は割愛している場合がある。

目　次

本文写真 矢野 勝巳

1

文学のなかの風景

文学における風景

書名である「文学する中央線沿線」は「中央線沿線の文学風景」と言い換えることができるが、文学と風景に関する論考は数少ない。それでも印象に残る著作はいくつもある。奥野健男（一九二六〜一九九七）の『文学における原風景』は、文学を支える都市風景の核を原っぱとし、それを縄文的な呪術空間に連なるものとして捉えている。

こういう山の手の不安定な界隈でも子供は学校とは違う世界、〝原っぱ〟を持っていた。〝原っぱ〟は田畑が売地になったところや、屋敷のあとや昔から家や畑になっていない空地などを指すのだが、そこは学校の成績や家の貧富の差などにかかわりのない子供たちの別世界、自己形成空間であり、そこの支配者は腕力の強い、べいごまもめんこもうまい餓鬼大将であった。ぼくたち中流階級の子はおずおずその世界に入り、みそっかすとして辛じて生存を許されていたようだった。しかしこの〝原っぱ〟こそ山の手の子供たちの故郷であり、原風景であった。

後述するが、原っぱがキーワードの小説は戦後を描いた作品にもある。昭和の初めに生まれた奥野は生まれ育った場所が故郷とは思えないという。

東京の山の手のそれも新市街の渋谷区（昭和七年、東京市の区部に編入されるまでは府下豊多摩郡渋谷町下渋谷であった。）に生まれ育ったぼくには、この渋谷界隈が自分の故郷だという気持にはどうしてもなれなかった。それはこの土地に代々住んでいるのではなく、親がたまたまここに移り住んで来ただけという他所者意識があったためもあろう。

戦後の中央線沿線で育った人々あるいはより広く東京に育った多くの人々の意識も奥野と同じなのかもしれない。

奥野はまた、欧米の都市との相違を以下のように考える。

欧米の石造建築を中心とした都市は小説に描き易いが、日本の都市を小説に描くことは、きわめて困難であるのだ。いやいくら精密に描いたとしても無意味なのだ。たとえば東京の街の様子は、二、三日見ないうちにもう変貌している。（中略）このノッペリした大都市は、どこも画一的に広がっているだけで、街並みを描きわけられるような特徴を持っていない。

この書が刊行された一九七二年において既に東京は画一的に広がっているだけだったのだろ

うか。たしかに小説内では東京の各地は地名のみ記され街並みが詳細に描かれることは少ない。ただ、それでも街ごとに特徴があり、その特徴が短い間に変遷するのであり、そのため、欧米の旧市街を描くのとは異なった手法で作家は東京を描いている。

東から見た西の東京

私は東京の西方面しか住んだことがなく勤務先も西だったので、東が遠く感じる。東に生まれ育った作家にとって西はどのように見えるのだろうか。

森鷗外の長女である森茉莉（一九〇三〜一九八七）は、戦後の一九五一年より世田谷区内のアパートに住んだ。その頃書いたエッセイ「気違いマリア」では、次のように訴えている。

要するに、浅草族は東京っ子であり、世田谷族は田舎者なのだ。彼らは世田谷、阿佐谷、杉並、等々の（もと市外）に、あたかも天に満ち、地に満てるが如くに充満していて、マリアを無言の裡《うち》に圧迫している。彼らはマリアを見ると、マリアが（もと令嬢）であることを瞬間に嗅《か》ぎつけ、コンプレックスを裏返した軽蔑で向ってくる。

また、奥野と世代が近く葛飾区亀有育ちの磯田光一（一九三一〜一九八七）は、『思想としての東京』において、森茉莉の考え方にも半面の真理が含まれているとして、次のように述べる。

昭和の東京が西側に膨張しながら近代化を達成したことを考えれば、新上京者として日本近代化の指導層になった地方人は、主として世田谷、杉並方面に居を構え、森茉莉のいう〝浅草族〟を工業地区のうちに封じこめることによって近代化を達成したのである。

これには注釈が必要であろう。一九一九（大正八）年に制定された都市計画法に基づき、東京は大きく用途地域指定された。都心が商業地区、西側は住宅地区、東側が工業地区となった。関東大震災がそれを加速させる契機となり、奥野のような都市中産階層は西側の山の手に集るようになった。それまでの東京は東西で地区が明確に区別されず混在していた。

郊外の風景

戦前に参宮橋駅（小田急線）近くに生まれ、戦後、阿佐ヶ谷で育った川本三郎（一九四四〜）は、『荷風と東京』や『林芙美子と昭和』など都市論の視点から作家や作品の読み替えを行い注目されてきたが、郊外への思い入れも強い。『郊外の文学誌』では、東京の郊外住宅地を次のような場所だと述べている。

小市民のささやかな幸福は、近代社会の重要な価値である。それを笑うことはたやすいが、しかし、逆説的にいえば、ささやかな幸福は実は、あまりに実現困難なものであるからこそ、強く夢見られるのである。東京の郊外住宅地とは、『ノンちゃん雲に乗る』に描かれたような「小市民のささやかな幸福」が夢見られ、生まれ、壊わされ、そしてまた新たに夢見られと、夢の死と再生がくりかえされていった場所なのである。

また、風景という視点から文学作品を読み込んだ『言葉のなかに風景が立ち上がる』において、川本は作品と風景の関係について次のように述べている。

風景論は美術評論では大きな主題になっているが、文芸評論ではまださほど論じられていないように思う。文芸評論の主題といえば、恋愛、家族問題、政治との関わり、女性の自立といった人生論的なものが多い。そこでは、人間関係や、ひとはどう生きるべきかといった問題が論じられる。

私はそうした人と人との関係よりも、人間たちが生きる場所、環境、風景のほうに興味を持つ。主人公がどういう場所で生きているのか、日常生活のなかでどういう風景を見ながら暮していているのか、そして風景を見た時に何を感じとるのか。

文学散歩

ところで、文学作品に描かれた風景や作家の生誕の地などを歩いて辿ることを文学散歩というが、この用語が誕生した経緯を元「日本読書新聞編集長」の長岡光郎は、野田宇太郎の『新東京文学散歩』（一九五一年）を再編集した『東京ハイカラ散歩』の「解題」の中で、以下のように述べている。

東京における近代文学の名作の舞台、文学者の事跡《じせき》などを尋《たず》ね歩いてのルポルタージュである。この度の戦争で灰燼《かいじん》と化し、漸《ようや》く立ち直りを始めようとする東京の姿、という意味をこめて「新東京」と銘《めい》打ち、「文学的散歩」と名づけることにした。（中略）また、表題が「文学的」では堅苦《かたくる》しい感じがするので「的」は削《けず》ったらどうだろうという意見で、結局、「文学散歩」と決めたわけである。

［解題］「文学散歩」誕生の記

この文学散歩という歩く行為の特色を同書の「解説」において川本三郎は次のような名言により表現している。

この仕事は、本質的にノスタルジーに支えられた過去追慕《ついぼ》だった。つまり、失なわれた文《ぶん》人《じん》たちの佳き時代を思い出し、記憶に刻《きざ》みこむ作業である。（中略）眼前に見えるものは確かに変り果てた風景かもしれない。しかし文学愛好者の目で見れば、その向うに過去の町の姿が見えてくる。文学散歩とは、眼前の風景の向こうに幻影《げんえい》の過去を見ることである。

［解説］「風景の向こうにある東京」

これに対し、前田愛（一九三一～一九八七）は文学散歩とは異なった視点からアプローチした『幻景の街』において、文学作品のなかの都市を以下のように記述している。

文学散歩といえば、故野田宇太郎氏が開拓したジャンルだが、野田氏の文学散歩は、作家の生誕地や育った環境を足で歩いて探索するところに興味の中心がおかれていた。この『幻景の街』は、むしろ作品の中に描かれた都市を復原して行くところに狙いがある。（中略）現実の街と文学作品に描かれた「言語の街々」（篠田一士氏）とは、もちろん、別のレベルにあるけれども、その間には微妙な呼応関係がある。その意味で文学作品のなかの都市は、どれほどリアルに描かれていたにしても、「幻景の街」であることをまぬがれないのだ。しかし、その一方で、（中略）それらは、文学作品のなかにのみ生きている「幻景の街」にちがいないのである。

これも名文であるが、『幻景の街』の文庫解説において、川本三郎は文学散歩との違いをより簡潔に説明している。

文学散歩は、どうしても描かれた町や場所に行き着いたところで終ってしまい、もう一度、作品のほうに戻ってこない。文学作品の批評が手薄になる。それに対し、前田愛は、自分の足で舞台になった土地を丹念に歩いたうえで、もう一度、作品世界に戻る。文学散歩が現実の町を描くのに、前田愛は現実の町を踏まえながら、「描かれた都市」にこそ着目する。場所と作品の間を往き来するダイナミズムがある。

聖地巡礼と郊外の記憶

ここまで文学に描かれた風景に関連する様々な論考について確認してきたが、近年の言説についても見ていきたい。文学のみならず特にアニメや映画作品に関連する言葉としてコンテンツツーリズム及び聖地巡礼という用語がある。社会学者の鈴木智之（一九六二〜）は『郊外の記憶』の中で次のように記している。

アニメファンによる「聖地巡礼」は、二〇一〇年前後から「コンテンツツーリズム」という呼び名のもとに地域振興の枠組みにも入れられ、村おこし・町おこしの切り札としても論じられているが、土地の記憶の創造という観点からも評価することができるだろう。

アニメの聖地の巡礼とは、現実の（三次元の）生活空間に、フィクションの（二次元の）物語体験を重ね合わせる行為であり、次元が異なるリアリティーの衝突を通じて、特定の場所に聖性を付与しようとする（疑似）宗教的な振る舞いである。

また、同書では文学作品と現実の町との関係について、次のように述べている。

文学作品は、それぞれの土地の記憶と交渉し、これを呼び起こしたり、引用したり、編集したりすることによって、空間と時間の統合的形象化を図る。私たちはそのテクストを読みほぐすことによって、それぞれの空間がどのような時間性をもって構成されているのかを考えることができる。

そして、クロノトポスの形象として、私たちの前に差し出されたテクストを携えて、現実の町を歩くことができる。小説的想像力の媒介によって、「記憶なき郊外」との関係をどのように結び直すことができるのか。平板な時間性に回収された（かに見える）この奥行きがない空間を、どのような歴史性と物語性のもとに再発見できるのか。

これまで見てきた文芸評論家の言説とは異なる表現だが、川本が述べた「場所と作品の間を行き来するダイナミズム」を、鈴木はより具体的に土地の記憶を媒介にして行うと述べているのであり、概ね同様の視点であるとも言える。
学際的な研究者でありコンテンツツーリズム学会会長でもある増淵敏之（一九五七〜）は、地方都市の文学巡りの旅を記した『物語を旅する人々Ⅲ　コンテンツツーリズムとしての文学巡り』において、街歩きの難しさと楽しさを次のように感じている。

自伝的な小説でも、そこに描かれていることはすべてが事実ではない。一種の推測、推察がそこには必要で、それがこの小説巡りの妙味といえるのかもしれない。それに気がついたのも実は比較的、最近になってからで、いわゆるリテラシー能力もまた小説巡りでは試されることになるのかもしれない。

ここまで様々な言説を紹介してきたが、中央線沿線を描いた作品を携え町巡りをするあるいは読書による町巡りをすると、どのような発見があるのか、次の章から具体的に見ていきたい。

野田宇太郎『東京ハイカラ散歩』角川春樹事務所　一九八八年
奥野健男『文学における原風景　原っぱ・洞窟の幻想』集英社　一九七二年

森茉莉「気違いマリア」『群像』一九六七年一二月号
『贅沢貧乏』講談社文芸文庫 一九九二年所収
磯田光一『思想としての東京　近代文学史論ノート』国文社 一九七八年
川本三郎『郊外の文学誌』岩波現代文庫 二〇一二年　新潮社 二〇〇三年
川本三郎『言葉のなかに風景が立ち上がる』新潮社 二〇〇六年
前田愛『幻景の街　文学の都市を歩く』岩波現代文庫 二〇〇六年　小学館 一九八六年
鈴木智之『郊外の記憶 文学とともに東京の縁を歩く』青弓社 二〇二一年
増淵敏之『物語を旅するひとびとⅢ コンテンツツーリズムとしての文学巡り』彩流社 二〇一四年

2

東中野・中野の文学風景

中野サンプラザ方面（中野駅北口）

東中野・中野周辺を描いた作品

中央線の前身「甲武鉄道」が新宿から立川の間に開通したのが一八八九（明治二二）年四月一一日。新宿、中野、境（後の武蔵境）、国分寺、立川の各駅が開業した。同年八月には八王子まで延伸した。駅の開業年がその後の町の発展に影響してくるがそれは一九二三（大正一二）年の関東大震災以降のことである。

中野区は一九三二（昭和七）年一〇月に中野町と野方町が合併して誕生した。一五・六平方キロメートルと特別区としては比較的狭い面積であるが南北に長いのは、北の野方町と南の中野町が合併したためである。旧中野町である東中野・中野駅周辺の人口が急増した時期は都心から近いため中央線沿線ではもっとも早い。

一九〇六（明治三九）年に開業した柏木駅（現・東中野駅）周辺には、昭和戦前及び戦後まもなくの頃に多くの小説家が集まっていた。中原中也、大佛次郎、江戸川乱歩、芹沢光次郎などが東中野周辺に住んだ。林芙美子は上京した頃短期間住み、『放浪記』がベストセラーとなった後、仕事場を東中野のアパートの一室に持っていたことがある。

戦後、東中野駅近くにモナミというレストラン兼結婚式場があった。設計は帝国ホテルなどを設計したフランク・ロイド・ライトだったという。そこを会場にして文学者の集まりが定期的にあり、吉行淳之介の芥川賞祝賀会もモナミで行われた。
　中野駅周辺は東中野に比較し空襲の被害が少なく、戦後の復興は早かった。

五木寛之『風に吹かれて』

　五木寛之（一九三二〜）は、都立家政駅近くに住んでいた頃、歩いて中野駅周辺まで来ていたという。かつて、多くの若者が読んでいたエッセイ『風に吹かれて』では、中野が次のように描かれている。

> 　昭和二十八年から三十年にかけての中央線沿線には、不思議な自由さがあったように思う。それ以前のことも、最近のことも知らないが、それは奇妙な季節だった。ある街の空気を作るのは、そこに集まる種族たちであり、また同時に、街が人間を惹《ひ》きつけるのでもあるのだろう。
> 　当時、私たちは、中野駅北口の一画を中心にして出没していた。その地帯は、私たちにとってのメコン・デルタであり〈私の大学〉でもあった。

北口周辺の景観をこのように描写している。

国電中野駅北口に降りると、当時は正面に〈中野美観街〉の入口があった。この美観街という名称には、横尾忠則氏描く所のイラストレイションみたいなユーモアが感じられないこともないと思うが、どうだろう。

左手に警察学校が見え、右手に公衆便所があって、雨の日にはよく匂《にお》った。美観街をまっすぐ行くと、ぽつりぽつりと私たちの記憶に残る店があった。

中野美観街は今の中野サンモールである。警察学校周辺は再開発され大学やビジネスビルに変身した。

村上春樹『海辺のカフカ』・筌野頼子「増殖商店街」

中野駅の北方である西武新宿線の野方駅（中野区）周辺を描いた作品として知られているのは村上春樹（一九四九〜）の『海辺のカフカ』だろう。高松と野方を巡る物語であるこの作品の中で、主人公の田村カフカ少年が住んでいたのが野方。そして物語の核となる人物であるナカタサトルが住んでいたのは野方のアパート。そこであり得ない奇妙なことが起きる。

翌日実際に中野区のその一角にイワシとアジが空から降り注いだとき、その若い警官は真っ青になった。何の前触れもなく、おおよそ2000匹に及ぶ数の魚が、雲のあいだからどっと落ちてきたのだ。多くの魚は地面にぶつかるときに潰《つぶ》れてしまったが、中にはまだ生きているものもいて、商店街の路面をぴちぴちとはねまわっていた。

野方は個人商店が広範囲に密集している街として知られている。この作品では野方という地名よりも野方を中野区として一般化して使用する場面が多い。村上春樹は上京後に住んだ目白にある学生寮を退寮し、野方の隣駅である都立家政駅から徒歩十五分ほどの大根畑に囲まれた三畳間の下宿に転居している。駅は中野区だが村上は練馬区に一九六八（昭和四三）年の秋から翌年の春頃まで住んだ。

村上春樹は現実の町から異世界に入っていく作品が多いが、その際、具体的な地名を明記する。東京においては土地勘のある場所を舞台にしていることが多い。

野方は笙野頼子（一九五六〜）の「増殖商店街」にも登場する。

最寄りの都立家政駅から電車賃百二十円時間二分、または徒歩七〇〇メートル時間十余分で到達出来る野方《のがた》という街が珍しくて、そこで保存食品ばかり買い込んできていてこれがなかなか侮れない支えだった。

笙野頼子が都立家政（笙野は中野区に居住）近くに転居したのは一九九二年。笙野の芥川賞受賞作「タイムスリップ・コンビナート」は現実と虚構が入り混じる不思議な作品だが、都立家政駅から横浜市鶴見区の海芝浦駅までの旅を描いている。小説の最後に、初めて行った中野ブロードウエイの地下で、マグロの目玉を一対六百円で売っているのを見たと証言する。この小説の中で、中央線について、「私のような上京者には、中央線が日本を統御しているという気がするから。初めて上京した時も中央線で、西へ西へと八王子まで進んだのだ。その時の車窓から景色やにぎわいが次第に引いて行く感じ、目的地に近付くにつれ光にあくが抜けて、テレビの中の東京が関東の地元に変わっていく感じはよく覚えている。」と記している。

小島信夫『うるわしき日々』・大江健三郎『河馬に噛まれる』

東中野駅周辺が登場する小説には小島信夫（一九一五〜二〇〇六）の後期代表作である『うるわしき日々』がある。小島は芥川賞や谷崎潤一郎賞をはじめ数々の受賞歴がある。この作品は読売文学賞を受賞している。戦後文学を代表する作品である『抱擁家族』の三〇年後を描いたこの作品は変形私小説とも呼べる小島信夫独特の作風である。

八十歳を過ぎた作家の三輪俊介の息子はアルコール依存症に加えコルサコフ症候群を発症し痴呆症状がある。そんな息子の転院先を探す話を中心に物語が展開する。息子は亡くなった先妻の子。十五歳年下の再婚の妻は息子の看病に翻弄され健忘症になる。かなり深刻な話になるはずだが、主人公を突き放していることもあり、ユーモアもある。このような状態を「うるわしき日々」とすることは小島ならではの観点。

小島信夫は一九六二（昭和三七）年に、国分寺市だが国立《くにたち》駅北口から徒歩五分ほどのところに新築した家に転居し終の棲家となる。この作品では国立は現在の東京の住いとして、東中野は妻の実家があった思い出の場所として描かれている。信州の山荘で妻は、二、三日前まで住んでいた東京の家の玄関や間取りが思い出せないとし、

「東中野の家の門構えが浮かんでくると、あとは何もかも消えてしまうの。あの門構えはハッキリと見えてきて、困るくらいなのよ」

という。さらに別の場面では、

彼女の記憶は宮園通りをわたってまた中野本町に向ってくると、通りよりもっと低いところに宮園川が流れているのを見下ろし、橋のたもとの林医院にひとまず行きついた。これらの通りや川や医院の存在は、彼もよく知っていた。

東中野はくわしく思い出す。

小説と同様に小島信夫は一九五一（昭和二六）年に中野区仲町に家を建て、小石川高校の鍛

錬道場だった国立《くにたち》の見心寮から転居している。宮園川は桃園川とも呼ばれており、現在は暗渠化され一部区間が桃園川緑道として整備されている。

大江健三郎（一九三五〜二〇二三）は一九五九（昭和三四）年より世田谷区成城に住むが、中野を描いた作品がある。大江の小説は家族と成城に住むフレームを元にフィクションを創作するという特徴がある。

『河馬に噛まれる』は連合赤軍事件を契機として生まれた作品だが、主人公の僕は水泳を始めた理由と中野のクラブまで行くことについて次のように話す。

　僕がほとんど毎日体育クラブに出かけ、千メートル前後を泳ぐ習慣を築いたのについて、人に問われれば、肥満を解消するためだと答えてきたけれども、じつは四十歳を過ぎて常態となった大きい悲傷感にひたされて眼をさます、という精神状態を、素人の思い込みにすぎないにしても、運動をつうじて自己治療できれば、という動機づけがあったのだった。

（中略）

　したがって体育クラブを選んだ際、わざわざ私電、国電と乗り継ぐ位置にある中野のクラブにしたのは、そこと自宅との間にはっきり距離をおくことをもくろんだのである。

大江は七十歳まで水泳を続けていた。また、義兄である伊丹十三監督により映画化され、中期でもっとも知名度のある小説『静かな生活』においても中野は舞台となっている。

東山彰良の二〇一五年直木賞受賞作『流《りゅう》』でも主人公の葉秋生《イエチョウシェン》の結婚相手となる取引先の通訳をしていた夏美玲《シャアメイリン》の部屋は、中野の商店街の近くにある。エンタメの多文化小説に相応しい場所かもしれない。

高度経済成長期以降、作家がより西に住まいを移すようになり、東中野・中野周辺を舞台とする作品は相対的に少なくなったが、新宿の繁華街やビジネス街と杉並区以西の町との間の町として独自の文学風景が形成されている。

五木寛之『風に吹かれて』KKベストセラーズ 一九六八年　読売新聞社 二〇〇二年
村上春樹『海辺のカフカ』(上)(下) 新潮社 二〇〇二年　新潮文庫 二〇〇五年
笙野頼子「増殖商店街」『猫道　単身転々小説集』所収 講談社文芸文庫 二〇一七年
　『増殖商店街』講談社 一九九五年
笙野頼子「タイムスリップ・コンビナート」『笙野頼子三冠小説集』所収 河出文庫 二〇〇七年
　『タイムスリップ・コンビナート』文藝春秋 一九九四年
小島信夫『うるわしき日々』講談社文芸文庫 二〇〇一年　読売新聞社 一九九七年
大江健三郎『河馬に噛まれる』講談社文庫 二〇〇六年　文藝春秋 一九八五年

落合恵子『夏草の女たち』

焼け跡の原っぱ

この小説の元の題名は「東中野ハウスの夏」（『小説現代』一九八三年六月号）であった。単行本収録時に「夏草の女たち」と改題された。東中野ハウスは落合が繰り返し語っているように落合親子が住んでいた東中野駅近くのアパート名である。そのため、私小説のように思われるが、人物などはかなり事実と異なる。だが、一九五二（昭和二七）年の夏を描いた自伝的作品であることは疑いの余地がない。

小説の冒頭は原っぱから始まる。

夏草の熱い匂いを胸いっぱいに吸い込んで、猛々《たけだけ》しいまでに生い茂った緑を肩で掻き分けながら友子は走っていた。

この春小学校に入ったが、七歳にしては小柄な友子よりずっと丈の高い草もある。（中略）草の中にこもったムッとする匂いが、友子は好きだった。その匂いを嗅ぐと、躰のどこか深いところで突然風が立つような、泡が弾《はじ》けるような不思議な感覚が呼び起こされるのだった。

東中野から見た中央線沿線（八王子方面）

小説の主人公である友子は原っぱのほとりに建っている東中野ハウスに辿《たど》り着き、二階に上がる階段の途中に座って買ってきたカステラの耳を食べる。この場面は落合の実体験である。住人のお姉さんたちから「恵子（けいこ）の指定席」と呼ばれていた。小説では描かれていないが、原っぱは落合にとって近所の子どもたちとかくれんぼなどをして遊ぶ場でもあった。

父なしっ子といじめた栃木の従姉妹《いとこ》や近所の子たちに見せびらかして食べれば、もっとうまいだろうと幼い友子は思う。

友子はここから原っぱをみるのが好きだった。次のような景色も見えた。

左手に東中野の駅。線路は高い土手に挟《はさ》まれて見えなかったが、架線や、それに沿った通りと商店、玲子ちゃんちの星野テーラーやカステラの耳を秤《はかり》売りする菓子店も見える。

右手には外科病院があり、庭に公孫樹《いちょう》の大木が一本ひときわ高く立っている。いくつもの蝉の声が暑苦しくとまっていたが、小さな無数の葉はそよりともせず、通りには人影はほとんどなかった。

友子は空を見上げた。太陽の位置は少しも変わっていない。母親が仕事から戻るまで、まだうんざりするほど時間があるのだと考えながら、友子はカステラの耳をもうひとつ口に運んだ。

東中野銀座通り

友子の母である雅代は二十九歳。神田にある大学病院で受付と会計事務をしている。雅代の年齢設定は落合の母と同じだが、母は実際には当時、神田にある男性四人、女性二人の小さな会社の経理事務をしていた。ちなみにこの作品では小学一年生に上がる時に上京しているが、落合は五歳の時に宇都宮市から上京している。落合の母は、婚外子である恵子が郷里では噂で押し潰されてしまうと思い上京を決意したという。東京は生活しにくいけれど自由がある。

アパートの二階の住人たちは大半が女性である。

須藤初江には妻子のいる男が定期的に通ってくる。トメ子はアメリカ兵の愛人がいる。瞳は父を結核で亡くし、母と弟の療養費を支払うため女子大を中退して、昼間は大学図書館に勤務、夜はダンサーをしている。付き合っている大学生に裏切られる。棚橋信子は三十五歳。料理屋の仲居をしている。夫は戦死したと伝えられ、その後義弟と結婚し長男を出産するが、夫が復員したため居づらくなり婚家を出た。柴田は二階で唯一の男性家族。兄は中学教師。弟は大学生。

皆、戦争により人生を狂わせられている。それにもかかわらず周囲の眼は冷たい。おメカケハウスと呼ばれている。それぞれが悩みを抱えよく喧嘩もする。信子は一度は一緒に住むようになった五歳の息子を連れ戻されて悲観のあまり突然死する。けれど、作品全体としての印象は活気があり明るい。瞳が次のように話す場面がある。

「死んじまえばいい。男なんて、みんな死んじまえばいいのさ。戦争おっ始めたのは、男なんだからさぁ」

落合によると実際の東中野ハウスも二階の住人はほとんどが戦争により家族を亡くしたり家を焼かれたりした女性の一人暮らしであり、夜の仕事いわゆる水商売に従事するしかなかった人たちであったという。その人たちに愛された経験が血縁によらない家族を描いた『偶然の家族』を生み出した。中野駅から徒歩十五分、早稲田通りから少し入ったところにある洋館が舞台の

『偶然の家族』は一九九〇年に刊行されたが、二〇二一年にその後を書き加えて再刊行された。落合恵子（一九四五〜）の『夏草の女たち』では住人のその後は描かれていないが、落合は、祖母が叔母たちと住む宇都宮の家を売って中野に家を購入し皆で上京したため、再び三世代で暮らすようになる。

落合にとって、東中野ハウスと原っぱは東京の原風景なのである。原っぱが戦争の焼け跡だと後に落合は知らされた。中野区は五月二五日の山の手大空襲により壊滅的な被害を受けた。東中野駅周辺も一面焼け野原だった。

落合恵子『夏草の女たち』講談社文庫　一九八七年　講談社　一九八四年
落合恵子『偶然の家族』東京新聞　二〇二一年

3

高円寺・阿佐ヶ谷の文学風景

パールセンター（阿佐ヶ谷駅南口）

高円寺・阿佐ヶ谷周辺を描いた作品

一九三二（昭和七）年に杉並町、井荻町、高井戸町、和田堀町が合併して杉並区となったが、高円寺・阿佐ヶ谷周辺は、旧杉並町の一部と旧和田堀町の大半が含まれる。高円寺駅と阿佐ヶ谷駅の開業は、西荻窪駅と共に関東大震災の前年の一九二二（大正一一）年である。

この地域は昭和戦前から文学者が多く移り住んだ。旧杉並町では三好達治や吉川英治や石川達三さらに堀辰雄や北原白秋、横光利一、川端康成そして小林多喜二など枚挙にいとまがない。旧和田堀町では、林芙美子が一九二七（昭和二）年から三年間、妙法寺の境内などで暮らしている。

「阿佐ヶ谷会」の作家たち

多くの私小説作家がこの地に集いその中の何人かは親睦会である阿佐ヶ谷会を運営した。『「阿佐ヶ谷会」文学アルバム』の「阿佐ヶ谷会」開催日一覧（萩原茂作成）によると、確認されたもっとも昔は一九三六（昭和一一）年四月であり、関連の会も含め昭和戦前に二十一回の開催が確認されている。ただし、井伏鱒二『荻窪風土記』によると、発足は昭和四年頃であったという。発足当初の記録がなく詳細は不明である。

昭和戦前の主な参加者は、井伏鱒二、太宰治、木山捷平、外村繁、青柳瑞穂、上林暁、亀井勝一郎、安成二郎、小田嶽夫、古谷綱武など。初めのうちは、阿佐ヶ谷将棋会として阿佐ヶ谷碁会所を会場にして、駅北口の中華料理屋「ピノチオ」で二次会を行うことが多かった。阿佐ヶ谷会の参加者は皆貧しく、将棋と酒が最大の娯楽のため、この会の開催が非常に楽しみであった。

会は一九七二年まで続くが、戦後の会場は同じ阿佐ヶ谷の青柳瑞穂（フランス文学研究者）邸で行われるようになった。太宰は戦後、参加していない。

男性だけの阿佐ヶ谷会は、特に戦後まもなくの物のない時期には、会費やおかずの持ち寄りが家計に多くの負担となった。阿佐ヶ谷会だけではなく、作家同士の飲み会のために、妻が質屋に行き用立てることもあった。

阿佐ヶ谷会に集う私小説作家の代表は木山捷平（一九〇四〜一九六八）だろう。木山は戦前、中野や杉並の中央線沿線の町を転々とし、戦後は昭和二七年に練馬区立野町に一戸建てを購入したが、その後も頻繁に阿佐ヶ谷会の幹事をしている。

木山の『酔いざめ日記』には、事実が淡々と記されている。太宰に関連して、「太宰と二人そば屋でビール5本、太宰におごってもらった。」（昭和一三年七月八日）や阿佐ヶ谷会有志による御嶽山行きの会費五円を「太宰にたてかえてもらう」（昭和一七年二月五日）との記述があり、家賃は低く抑える太宰だが、酒を通しての交流を大事にしていることがうかがえる貴重な記録でもある。

私小説作家たちは、プロレタリア作家とは距離を取っていたが、しかし、誰一人戦争協力をしなかったとも言われている。

同じく私小説作家の上林暁（一九〇二〜一九八〇）は、一九三六（昭和一一）年より杉並区天沼に住みその後、阿佐ヶ谷を離れることはなかった。上林は妻を亡くしてから無茶な飲酒を繰り返すようになった。一九五二年に脳出血を起こして左半身不随となり、その後、三年間禁酒しているが、禁酒中も阿佐ヶ谷会に参加している。

禁酒中に書いた「阿佐ヶ谷案内」には南口の変貌を次のように記している。


目を南口に転じると、これはまたなんと変りやうであらう。キノコのやうにごみごみ生えてゐた屋台は、一つ残らず取払はれて広場となり、たんたんとした大道が青梅街道に突き当り、京王沿線通ひのバスがのんびりと発着してゐる。かつての屋台の群れは、トイシで押しならしたやうに、この大道の下に押しつぶされてゐるやうな気がしてならない。


「たんたんとした大道」はけやき並木が美しい中杉通りである。一九五四年三月に一一九本のけやき苗が植えられた。

なお、青柳瑞穂の孫でありピアニストでエッセイストの青柳いずみこ（一九五〇〜）は、阿佐ヶ谷について次のように述べている。

土地柄としては荻窪ほど高級指向ではなく高円寺ほど庶民的でもない。若者は高円寺に住むし、若いカップルは阿佐ヶ谷に住み、家族が増えると八王子あたりに転居していく。

青柳いずみこ『阿佐ヶ谷アタリデ大ザケノンダ　文士の町のいまむかし』平凡社 二〇二〇年

隣駅だが、阿佐ヶ谷と高円寺は微妙に立ち位置が異なる。

太宰治『斜陽』

沿線にゆかりの作家・太宰治（一九〇九〜一九四八）の作品には沿線の町々が描かれている。「斜陽」では、主人公のかず子が、荻窪に住む小説家・上原二郎を訪ねるために伊豆から上京する場面がある。訪ねると家にはいない。荻窪駅前のおでんやに行くと行き先がわかると奥さまはいう。

駅前の白石というおでんやは、すぐに見つかった。けれども、あのひとはいらっしゃらない。

「阿佐ヶ谷ですよ、きっと。阿佐ヶ谷駅の北口をまっすぐにいらして、そうですね、一丁半かな？　金物屋さんがありますからね、そこから右へはいって、半丁かな？　柳やという小料理屋がありますからね、先生、このごろは柳やのおステさんと大あつあつで、いりびたりだ、かなわねえ」

そこで、かず子は、

駅へ行き、切符を買い、東京行きの省線に乗り、阿佐ヶ谷で降りて、北口、約一丁半、金物屋さんのところから右へ曲って半丁、柳やは、ひっそりしていた。

「たったいまお帰りになりましたが、大勢さんで、これから西荻のチドリのおばさんのところへ行って夜明しで飲むんだ、とかおっしゃっていましたよ」

高円寺から西荻窪ぐらいまでの駅近くの飲食店をはしご酒する人が多かったのだろう。

山崎ナオコーラ『カツラ美容室別室』

高円寺を描いた現代作品では山崎ナオコーラ（一九七八〜）の『カツラ美容室別室』が印象に残る。

主人公の佐藤淳之介（二十七歳）は、友人の梅田さんの住む高円寺周辺の街並みを気に入り、梅田さんのアパートから徒歩五分程の１ＤＫのアパートに転居してくる。淳之介は会社員だが、梅田さんは三十二歳で就職したことがなく、無理のない範囲でアルバイトをして音楽を楽しんでいる。奥さんと二人暮らし。梅田さんのような人が高円寺を体現していると作者は考えているようである。山崎は実際に二年程高円寺に暮らしていた。

梅田さんの友人たちがいる桂美容室別室は、北口の純情商店街を抜けて庚申《こうしん》通り商店街の中にある。美容室の従業員エリ（二十七歳）のアパートは、南口のパル商店街を通って、ルック商店街を通って、右に曲ったところにある。ご当地小説でもあるが、何よりも小説全体の雰囲気がゆるく穏やかで、大きな事件も起きず、高円寺的なのかもしれない。

木山捷平『酔い覚め日記』講談社文芸文庫 二〇一六年　講談社 一九七五年
上林暁「阿佐ヶ谷案内」『「阿佐ヶ谷会」文学アルバム』青柳いずみこ・川本三郎監修 幻戯書房
所収 二〇〇七年 『読売新聞』一九五四年七月二七日
太宰治『斜陽』新潮文庫 一九五〇年　新潮社 一九四七年
山崎ナオコーラ『カツラ美容室別室』河出文庫 二〇一〇年　河出書房 二〇〇七年

ねじめ正一『高円寺純情商店街』　昭和三〇年代の商店街

「昭和三〇年代の東京」が注目されて久しい。直接には映画「ALWAYS　三丁目の夕日」(二〇〇五年公開)がきっかけであるが、古き良き社会と変わりゆく希望のある社会との接点が昭和三〇年代の東京にはあると人々が認識したからだろう。年配の人には懐かしく、若い人には新鮮である町。しかし、負の側面も多い。貧富の差が激しく犯罪が多発し、ドブ川の異臭と汚い街。

ねじめ正一の『高円寺純情商店街』は、そんな昭和三〇年代の高円寺の商店街に生きる人々を描いた作品である。詩人のねじめ正一(一九四八〜)が初めて書いた小説であり、直木賞受賞作品でもある。作者の実家は高円寺で乾物店を営んでいた。乾物店の一人息子である正一の視点で描かれているこの小説は、自伝的な作品である。

この作品が魅力的なのは、何よりもそのディテールと少年の感性である。冒頭の「乾物店の一日は、かつを節削りから始まる」では、その手順がきわめて具体的に説明されている。ねじめはその手順を思い出すために、知人の乾物店主から改めて学んだという。

江州屋《ごうしゅうや》乾物店の店先に蝿取紙《はえとりがみ》がぶら下がると、季節は六月である。

この一文から商店の特徴が描かれる。乾物店にとっては湿気がありカビや虫に悩まされる六月から九月がつらい季節である。特に六月は、「氷砂糖がガチガチにくっついてガラス瓶の口から取り出せなくなり、するめの反《そ》りが激しくなり、卵は腐りやすくなり、煮干しは湿気を含んで鱗が光って見え、かんぴょうの漂白のにおいがきつくなる。」そのため、乾燥剤や虫干しや風通しの繰り返しなどを行っている。反対に、隣の鮮魚店では冬がつらい。「まっかに凍えた指に包丁を握って魚のはらわたを抜き、水道の水を出しっぱなしにして洗わなければならないし、魚が傷《いた》むから店にストーブを置くこともできない。」という。

このような商店街の一画を次のように表現している。

江州屋乾物店のあたりは、もともと高円寺北口商店街のなかではどうもパッとしない一画だ。江州屋乾物店の店先も地味だが、右隣の魚政も威勢がいいわりには地味である。赤いものといったら食紅で染めた蛸《たこ》か、たまにお目見得する鯛《たい》くらいなもので、色気がない。おかみさんはいつも黒いゴム引きの前掛け姿だし、ときどき店を手伝う一人娘のケイ子もまだ小学生では、店先が華やぐというわけにはいかない。

魚政の一軒おいて右隣の中川履物店だって、おたふく印の茶色っぽいサンダルが山積みされたその横で杖《つえ》なんかが売られていて、いかにも年寄り臭い店だ。江州屋乾物店と空き店を隔てた左隣は山田惣菜《そうざい》店で、油の染みた白エプロン姿の主人はヒマになるとコック帽を脱ぎ、憂《う》さばらしか、はす向かいの昭和堂書店で囲碁雑誌の立ち読みに時間をつぶしている。

正一が中学一年生とされているので、一九六一（昭和三六）年ぐらいの光景である。このような商店街の中にあって、父は乾物屋の仕事が好きではない。「俳人が乾物屋ではカッコ悪い」「オレが乾物屋だから俳句の賞が取れないのだ」という。両親はこんな口喧嘩をする。


「おとうさん、あの俳句だけはやめてくださいよ。ちくわの穴に蠅《はえ》とまる、なんて。うちは食べ物を扱ってるんですから、蠅がいるってことだけだってみっともないんですから」

「だが事実じゃないか。いいか、俳句は文学なんだぞ。あの句は写実なんだ。写実の文学なんだ」

「だから困るんですよ。蠅のたかったちくわを売ってるなんて評判が立ったら、お客さんがこなくなっちゃいますよ」

「それがどうした。貴様、俺の文学と客とどっちが大切なんだ」

高円寺純情商店街

母に対する父のむちゃくちゃな反論だが、商店街を異化する存在と言えようか。このような父を登場させたことも、小説の奥深さに寄与している。

もう今はないこの小説のなかでのみ生きている商店街。ねじめの実家の乾物店は民芸店に替わり区画整理により阿佐ヶ谷に移転した。そこで二〇一九年まで「ねじめ民芸店」を営んでいた。

小説がベストセラーとなったことにより、高円寺銀座商店街は高円寺純情商店街と名前を変え、入口にはデザインされたアーチを設置した。現在は約二〇〇店の店舗数を誇る。

ねじめ正一『高円寺純情商店街』新潮文庫 一九九二年　新潮社 一九八九年

有吉佐和子『恍惚の人』　もうひとつの高円寺

商店が密集する高円寺駅周辺を南に下り、さらに青梅街道を下ると静かな住宅街に入る。有吉佐和子の『恍惚《こうこつ》の人』はそこに住む一家の物語である。

認知症の高齢者をめぐる社会問題を提起した小説として、広くマスメディアにも取り上げられ、「恍惚の人」が流行語にもなった。新潮社純文学書き下ろし特別作品なので函カバーのある上製本にも係わらず、戦後最大のベストセラーとなった。今日では文庫で広く読まれておりロングセラーでもある。

認知症高齢者の立花茂造、息子である商社マンの信利、その妻の昭子に一人息子の高校生である敏の家庭を中心に話が展開する。仕事と介護の両立に悩む妻の昭子の視点で描かれている。昭子は西銀座の小さな法律事務所に邦文タイピストとして勤務している。

そして、梅里や堀ノ内や松ノ木という杉並区内の特定の住宅地を舞台にしている。

小説の冒頭は、次のように始まる。

デパートの大きな買物袋を両手に提げ、地下鉄の階段を上ると、青梅街道にはちらちらと雪が舞い始めていた。

後に地下鉄の駅は新高円寺駅であることが明かされる。高円寺駅から九〇〇メートル程南にある丸の内線（旧・荻窪線）の駅である。

一家の家は杉並区梅里にある。梅里は青梅街道に近いのでそば屋も寿司屋も揃っているとして出前の電話をかける場面がある。梅里は大字馬橋の一部であったが、一九六六年の住居表示時に新たに生まれた町名である。

茂造は梅里敬老会館を利用するようになるが、事情があり梅里の隣町にある松ノ木敬老会館に移る。松ノ木は次のように紹介されている。

松の木は梅里の隣町だから昭子の家からさして遠い距離ではないけれど、青梅街道からずっと入り込むので車の騒音がなく、緑の多い閑静な住宅街である。戦前は職業軍人の住居がかたまっていたところで、だから今でも堀ノ内や梅里とはまるで住人の品が違うという噂《うわさ》を聞いたことがある。

昭和の初期より将校が住宅を建て、松の木の軍人村と呼ばれた一画があった。

杉並区は敬老会館が多く、現在は「ゆうゆう館」と名称変更され二十八館あり、「梅里堀ノ内館」と「堀ノ内松ノ木館」も運営されている。

有吉玉青は、『有吉佐和子歿後30年記念特別展』の図録（杉並区郷土博物館二〇一四年）に、「小学校二年生の頃、母と歩いて敬老会館に行った。夕方だったと思う。もうその会館はなくなってしまったが、職員の方のお話を熱心にメモしていた母の姿をはっきりと覚えている。その翌年、『恍惚の人』が刊行された。」と寄稿している。

昭子は茂造の介護のため、勤務日を週に三日に減らし時間的な余裕が出来たため、妙法寺に出かける場面がある。


毎月十三日と二十三日には隣町の堀ノ内で妙法寺の縁日がある。茂造の手をひいて出かけて行き、茂造が金魚釣りを面白がって踞《かが》んでしまったりすると、昭子は植木屋の出店へ行って草花の苗などを買った。

妙法寺　仁王門

元和年間（一六一五～一六二四）に建立された妙法寺は「厄除け祖師」として有名になり、江戸時代には参道がつくられ浅草の浅草寺に並ぶほどの人気であった。明治以降、妙法寺周辺に多くの寺が市中から移ってきており、今日でも寺町として独特の風情がある。玉青は毎年、母と一緒に妙法寺に初詣に行ったという。

有吉佐和子（一九三一〜一九八四）は、一九四六年暮れ、十五歳の時に家族と共に疎開先の和歌山市から上京し、杉並区堀ノ内に住む。当時、たいへんな住宅難で間借り生活も多かった東京において新たに家を購入している。有吉の父である有吉眞次は東京帝大卒であり、横浜正金銀行（東京銀行の前身、現、三菱ＵＦＪ銀行）に勤務していた。都市中産階級に属していたといえよう。有吉佐和子は、小説家としての仕事が軌道に乗り、一九六一年に一人住まいのために同じ堀ノ内のなかの新築した家に転居する。

短い結婚期間は赤坂で過ごしたが、離婚後は再び堀ノ内に戻り、さらに、一九七九年に新築した堀ノ内三丁目の家に母、佐和子、長女の玉青の三人で移る。

有吉は土地勘があり愛着のある場所であることから、フィクションである「恍惚の人」の舞台も、堀ノ内周辺に設定したのではないだろうか。

妙法寺は有吉の散歩の場所であった。そのため、有吉はカトリック信者であるが杉村春子や山田五十鈴などを発起人として亡くなった翌年、妙法寺内に有吉佐和子の碑が設置された。

活躍していた作家でも亡くなると数年で著書が絶版になることも多い中、有吉は今日でも多くの作品が文庫本として販売され復刊も多い。

自立する女性を描いた『更紗夫人』も文庫として復刊された作品だが、堀ノ内周辺を舞台にしている。主人公である郷原紀代の自宅は堀ノ内の東隣りの杉並区和田本町である。現在の杉

有吉佐和子之碑（妙法寺）

並区和田。自宅の豪邸で更紗染めの発表会をしたことに対し、新聞記者の丸尾信哉は次のようにその場所を語る。

「……客集めをするにしても和田本町なんて辺鄙《へんぴ》なところを会場にするなんて不届きですよ。知ってますか。あの新宿から荻窪行きの都電は、都心から新宿までの都電とレールの幅から違う貧弱さなんです。そんな田舎《いなか》電車を降りて、歩くなら二十分では行きつけないようなところへ人を寄せるなんて余程どうかしている。……」

営団地下鉄荻窪線の開業は一九六一年一一月。地下鉄と競合したため、都電は一九六三年一二月に廃止されている。『更紗夫人』は単行本では一九六二年二月発行だが、雑誌連載は一九五八年なので、連載時には地下鉄は開業していなかった。

この作品でも妙法寺は、隣町の堀ノ内にある有名な寺として紹介されている。

なお、「高円寺」の唄でも知られる吉田拓郎が上京して初めて住んだ場所が、妙法寺の横のマンションであり、そこの外階段に座る拓郎の写真が『人間なんて』（一九七一年）のジャケットに使われている。このマンションは現存している。
有吉佐和子と吉田拓郎が妙法寺ですれ違ったかもしれないと考えると楽しい。このあたりは下町的雰囲気の残る高円寺駅周辺とは異なったもうひとつの高円寺なのである。

有吉佐和子『恍惚の人』新潮文庫 一九八二年
　新潮社 一九七二年
有吉佐和子『更紗夫人』集英社文庫 二〇一四年
　集英社 一九六二年

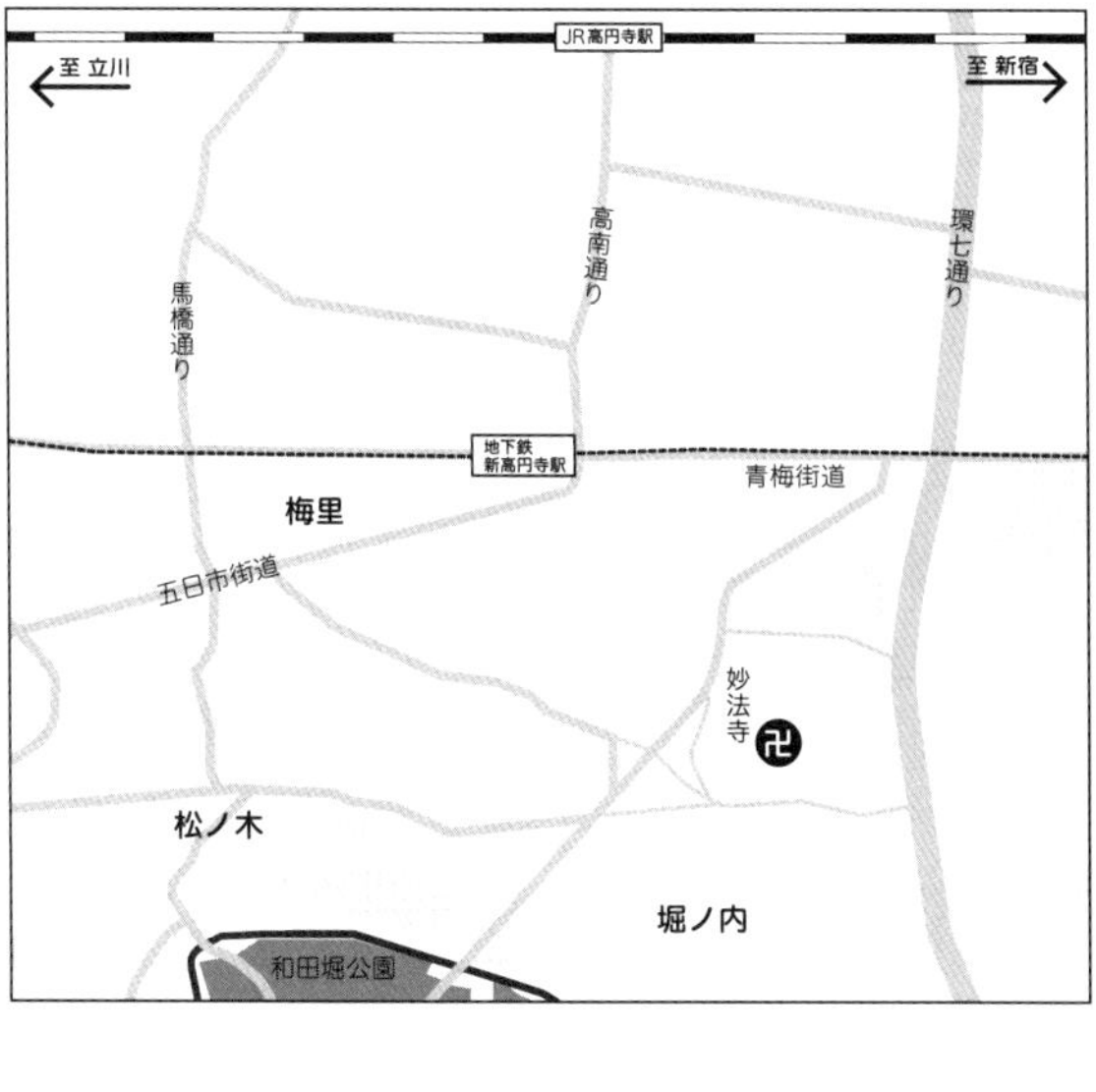

村上春樹『1Q84』

一九八四年の平坦

一九八四年と1Q84年とのパラレルワールドを描いた村上春樹の『1Q84』は、三巻に及ぶ大作であるにもかかわらず、記録的な売り上げとなり、それは社会現象にまでなった。

その『1Q84』では高円寺をはじめとした地名が重要な役割を果たす。主人公の一人である予備校の数学教師の天吾（川奈天吾）が住んでいる場所が高円寺。もう一人の主人公である広尾の高級スポーツクラブインストラクターの青豆（青豆雅美）は目黒区自由が丘に住む。

高円寺と自由が丘は対照的な町である。一九八〇年代に話題となった泉麻人（一九五六〜）の『東京23区物語』（一九八五年）によると、「昭和初期に開けた高級住宅街・自由が丘」は、東横線沿線の中目黒〜自由が丘間の五駅の中で、「賃貸マンションの聞こえの良さで

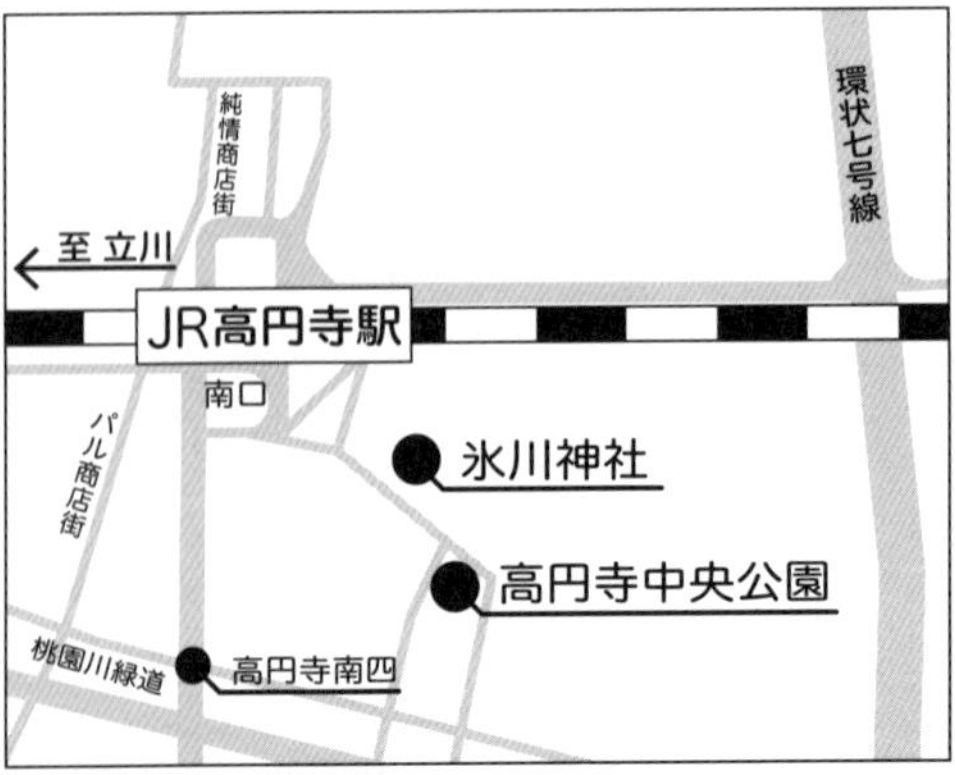

ランキングをつけるとすると、①自由が丘」であり、西高東低とのこと。対して、「高円寺のあたりというのは、新宿で発生したハングリーエキスが、中野を通過し、また吉祥寺から逆流してきた腐敗物をも吸収して、極めて悪性のものに成長しています。」と述べている。かなりデフォルメして描いているが、六〇年代後半からのカウンターカルチャーが色あせて来た頃に泉麻人が感じた当時の雰囲気であり、それが若者に一定の共感を呼んだ。

そんな高円寺に「１Ｑ８４」の主要な登場人物が集まって来る。

小説「空気さなぎ」の原作者である十七歳のふかえり（深田絵里子）が、その作品をリライトした天吾の自宅に同居する。

ふかえりが天吾に電話をかける場面では、

「今どこにいるんだ」と天吾は尋ねた。

「マルショウというみせのいりぐち」

彼のアパートからそのスーパーマーケットまでは二〇〇メートルも離れていない。

丸正は高円寺駅北口の近くにかつてあった。したがって、天吾は駅北口近くに住んでいるように思われる。家賃が手頃で場所が便利とも記している。一方、区立小学校が近いとも書いている。小学校は駅の北口或いは南口のどちらからも遠く、丸正の近くと矛盾する。あえて場所

をあいまいにしている。天吾が住んでいる三階建てのアパートは、
入り口に全戸の郵便受けが設置され、そのひとつには「川奈」という名札がついている。郵便受けはあちこちで錆びて、塗料が剥がれかけている。（中略）
暗い廊下には、建築されてから長い歳月を経たアパート特有の匂いがする。

高円寺のイメージ通りのアパート。青豆も身を隠すため高円寺に転居する。環七の近くの洒落た造りの六階建てのマンションの三階。青豆の自由が丘のアパートは、

古い建物で、あまり清潔とは言えず、ときどきゴキブリが出たし、壁も薄かった。愛着のある住まいとはとても言えなかった。しかし今ではそれが懐かしかった。このしみひとつない真新しい部屋にいると、自分が記憶と個性を剥奪された匿名の人間になったような気がした。

村上は、泉麻人の図式を否定し、自由が丘の高円寺的なイメージのアパートそして高円寺の自由が丘的なイメージのマンションを設定する。それは町の均質化を表現してもいる。そして青豆の高円寺のマンションは、「通りに面した窓を開けると、環状七号線の交通の音が遠い海

鳴りのように聞こえた。」小さなベランダからは、「通りを隔てて小さな公園が見おろせた。ぶらんこと滑り台、砂場、そして公衆便所がある。」

その頃、天吾は「駅に向けて歩き、駅の少し手前にある「麦頭《むぎあたま》」という店に入った。」そこで軽く飲み、月を求めて歩く。

どこか視界の開けた場所に行きたかったが、高円寺ではそんな場所は簡単には見つからない。ちょっとした坂だって見つけるのに苦労するくらい平らな土地なのだ。小高くなった場所もない。（中略）

でもあてもなく歩いているうちに、近くに児童公園があったことを天吾は思い出した。散歩の途中その前を通りかかることがある。大きな公園ではないが、そこにはたしか滑り台があったはずだ。

天吾は滑り台から夜空を見上げ、月が二つあることを発見する。一九八四年から「1Q84年」の世界に入り込む。同時に公園の北側に六階建ての新しいマンションが建っていることを確認する。青豆が身を潜めているマンションであることを天吾は知らない。

この児童公園は実在のどの公園をモデルとしているのだろうか。高円寺の南口、環七の近くという条件からは、一九八二（昭和五七）年開園の高南幼児公園が該当するが、文字通り幼児

高円寺中央公園

公園のため、滑り台は大人の身長より低く極めて小さい公園なので視界の開けた場所ではなく、道路に面して六階建てのマンションもない。

次に条件を満たすのは一九六六（昭和四一）年開園の高円寺中央公園である。公園は一九九五年に改修されているので、以前の滑り台はもっと高かったのかもしれない。なお、この公園の北側には六階建てのマンションがあることも小説に描かれた条件を満たす。村上は高円寺南口のジャズ喫茶でアルバイトをしていたことから高円寺に土地勘がある。ここで疑問がひとつ浮かぶ。高円寺に土地勘のある作者がなぜ、高円寺が平坦であると書いているのか。青豆を追いかけるカルト教団の手先である元弁護士の牛河も監視する場所を求めて歩いたが、「高円寺は密集した住宅地であり、地面は平坦で高いビルもない。」と語っている。

たしかに高円寺北口の高円寺純情商店街や庚申通り商店街は平らだが、南口周辺からは桃園川緑道に向って緩やかに下っている。特に、南口から高円寺中央公園に向う道はやや傾斜のきつい下り坂である。

典型的な「阪神間少年」であった村上は高低差に敏感である。にもかかわらず、実際の地形

高円寺中央公園方面（左　氷川神社）

と異なり、平坦であることを強調しているのはなぜなのか。一九八四年そしてその延長上にある現在の社会の閉塞感を平坦な土地で暗示しているのかもしれない。

『１Ｑ８４』は、監視社会を描いたジョージ・オーウェルの『１９８４年』を踏まえているが、直接、東京の一九八四年を描いてもいる。一九八〇年代中頃は高度経済成長が終了し、現代に至る諸課題が噴出した時代であった。だからこそ村上春樹は二〇〇九年の今、あえて一九八四年に焦点を当て、中央線文化の象徴である高円寺を物語の中心の場所として描いたのではないだろうか。

村上春樹『１Ｑ８４　ＢＯＯＫ１』前編・後編　新潮文庫二〇一二年　新潮社二〇〇九年
村上春樹『１Ｑ８４　ＢＯＯＫ２』前編・後編　新潮文庫二〇一二年　新潮社二〇〇九年
村上春樹『１Ｑ８４　ＢＯＯＫ３』前編・後編　新潮文庫二〇一二年　新潮社二〇一〇年

三浦しをん『あの家に暮らす四人の女』

善福寺川を巡る

谷崎潤一郎の『細雪』にヒントを得た三浦しをんの『あの家に暮らす四人の女』は、まったく新しい現代の『細雪』として創作された。戦後まもなく建てられた洋館に住む四人の女たち。家主である牧田鶴代とその一人娘で刺繍作家の佐知（三十七歳）。佐知の友人である同い年の雪乃と雪乃と同じ西新宿にある生命保険会社に勤務する十歳下の多恵美の四人が暮らす。他には唯一の男性であり一五〇坪の敷地内にある小屋で暮らす八十歳の山田。そこで様々な事件が起こる中から家族とは何かを問いかけるエンタメ小説である。

作者の三浦しをん（一九七六〜）は若くしてデビューし多作かつ質の高い作品を発表し続け、数々の文学賞を受賞している。この小説は織田作之助受賞作品である。

小説の舞台は次のように説明されている。

四人の女が暮らす庭つきの古い洋館は、東京の杉並区にある。ちょうど善福寺川《ぜんぷくじがわ》が大きく蛇行するあたりだ。川辺は公園になっているので、家々が密集した住宅地のわりには、緑が多い印象である。

蛇行する善福寺川

善福寺川が蛇行する辺りは戦前まで水田になっていた場所である。牧田家は江戸時代からこの地で農業をしており、本家筋であった鶴代の祖父は、戦前一山当てて農業をやめた。地元の資産家は度々氾濫する小さな川のすぐ傍に家は建てない。この場面は現実的ではないが、その他の地域描写は概ね事実に即している。小説のなかでは杉並区の特徴を次のように述べている。

杉並区あたりは、いまとなっては郊外とも都心とも言えぬ中途半端な立ち位置だ。店舗がひしめく駅前から少し離れれば、家また家の住宅街。さしたる産業も企業もなく、たしかに「郊外のベットタウン」という表現がふさわしい。しかし電車に乗れば、新宿まで十分ほど。通勤に二時間かかる町もざらにあることを考えれば、距離的には充分「都心」の範囲内だとも言える。

佐知は自宅あたりを次のように感じている。

どっちつかずの眠ったような町だ、と佐知はよく思う。牧田家から最寄りのJR阿佐ヶ谷駅まではかかるのでなおさらだ。閑静と言えば聞こえはいいが、つまりは常にまどろんでいるような、なんの変哲もない、静かなだけの住宅街なのである。

さらに佐知はこのように思う。

「なにがなんでも都会で暮らしたい」と渇望を抱くことも、「定年後は故郷に帰ってのんびり暮らしたい」と夢想を抱くことも、この町で生まれ育ったら不可能だ。都会はすぐ隣に存在しているし、故郷はここだからだ。精神が眠ったまま生きて死ぬような町。のどかで平和だ。息が苦しいほど。

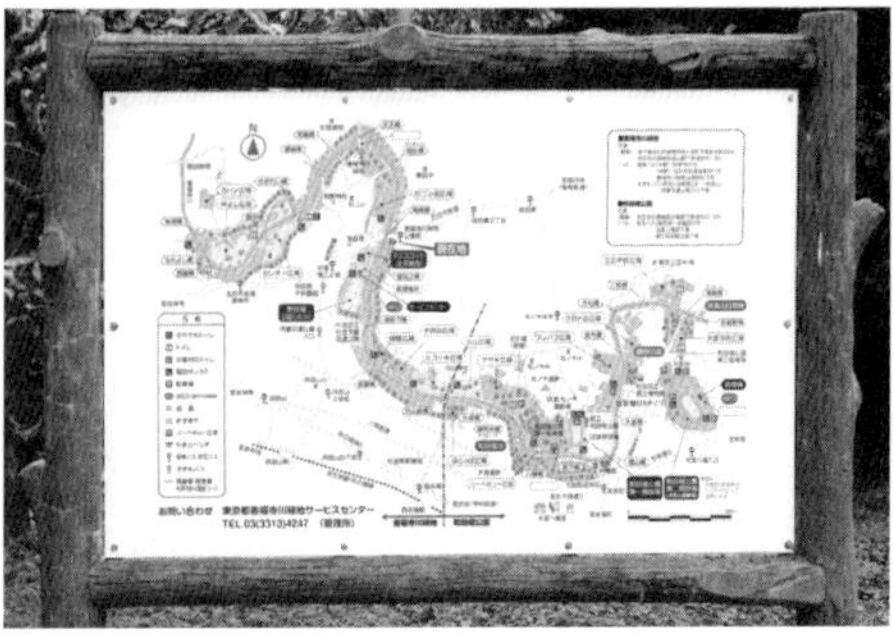

善福寺川緑地周辺地図看板

東京で生まれ育ったものは往々にして、この酸素が薄く呼吸がしにくいような感じ、どこにも行き場がない感じ、行きたいとも思わない感じを、幼少のころから味わっているはずだ。

作家は特定の地域や自治体を応援することはあるけれど、地域の広報のために作品を生み出しているのではないので、作品中では地域事情を配慮しない。

三浦しをんは東京の郊外都市を舞台とした作品が多い。直木賞受賞作であるベストセラー『まほろ駅前多田便利軒』では町田市がモデルだが「まほろ市」と架空の市名が付けられていた。その後、小田急線世田谷代田駅から徒歩五分の古い木造アパート小暮《こぐれ》荘を舞台とした『小暮荘物語』において、具体的に地名や駅名を登場させている。

小田急沿線ゆかりの作家である三浦しをんの作品には度々小田急沿線の町が登場する。新宿からの距離や電車の時間は、世田谷代田と阿佐ヶ谷は似ている。『小暮荘物語』は世田谷代田が舞台そして『あの家に暮らす四人の女』は善福寺川近くの阿佐ヶ谷が舞台と町の特徴により書き分けている。

三浦しをんはなぜ東京の郊外を繰り返し描くのか。その原点は生まれてから町田市に転居するまでの一〇年間住んでいた場所にあると思われる。エッセイ「思い出の町」によると三浦は京王線千歳烏山駅と小田急線祖師谷大蔵駅との中間ぐらいで少し駅から遠いところに住んでいた。成城学園前駅の東隣ではあるがイメージは全く異なる。そこは「堆肥くさい」イメージであるという。昔から住んでいる人々の家と、畑や雑木林や広大な空き地や細い川と曲がりくねった道があった。明示されていないが、細い川は仙川だろう。子供の頃の小さな冒険の数々を書き連ね、最後に、二〇年ぶりにその一帯を訪れた時のことを書いている。

空き地も雑木林も、すべてマンションや新しい一戸建てに変わっていた。道すらも、以前とはまるで違ってしまっていて、私は迷子になった。

いまでも私は、眠ろうと目を閉じているときなどに、もう地上のどこにもない町の風景を思い浮かべてみることがある。あの道は「つりがね池」に通じていた、その角を折れると友だちの家へ行けた、この坂を下りるときに正面に空き地が見えた、と。

そして最後に次のような言葉で締めくくっている。

もう一度、あの景色のなかで遊べたらどんなに幸せだろうかと考えることがある。永遠に行くことのできない、思い出の町だ。

成城学園の隣町が一九八六年頃まで自然豊かな文字通りの郊外であったのだ。三浦の描く郊外はこのような自身の喪失体験に裏打ちされているからこそ読みやすいけれども心に残り複雑な余韻があるのではないだろうか。

三浦しをん『あの家に暮らす四人の女』中公文庫 二〇一八年　中央公論新社 二〇一五年
三浦しをん『小暮荘物語』祥伝社文庫 二〇一四年　祥伝社 二〇一〇年
三浦しをん「思い出の町」『三四郎はそれから門を出た』所収 ポプラ社 二〇〇六年

4

荻窪・西荻窪の文学風景

善福寺池

荻窪・西荻窪周辺を描いた作品

荻窪・西荻窪周辺は、旧井荻町を中心に旧高井戸町と旧杉並町の一部が含まれる。荻窪駅の開業は一八九一（明治二四）年だが、西荻窪駅は前述したようにずっと後の一九二二（大正一一）年の開業である。

荻窪駅の近くには昭和二年から与謝野晶子や井伏鱒二が居を構え、その後太宰治も一時期暮らしていた。

高井有一『この国の空』

高井有一（一九三二～二〇一六）は、十一歳の時に父を亡くし十三歳の時に母が疎開先で亡くなり、一九四五（昭和二〇）年一一月末より杉並区西高井戸の母方の叔父に引取られた。母が亡くなるまでを描いた自伝的作品「北の河」で芥川賞を受賞しているが、終戦直前の東京とりわけ西荻窪周辺を描いた『この国の空』では、谷崎潤一郎賞を受賞している。

この作品では、善福寺町を碌安寺町とし善福寺池を碌安寺池としている。町会事務所に勤務する十九歳の里子を中心に物語が進む。戦時下の東京での生活が詳細に記されているが、当時、高井は秋田県角館町に疎開しており、実体験ではない。

東京は遠からず焼野原になると言われ始めてからも、杉並区の西の外れにある碌安寺町《ろくあんじ》には、人口の流入が続いていた。都心や下町の家を焼かれ、疎開をするまでの一時の足溜《あしだま》りとして、知人の家に身を寄せた人も多かったであろう。（中略）殊《こと》に大規模な空襲のあとの数日は、転入や、罹災《りさ》者への特別配給の申請をする人たちが列を作り、里子は殆《ほとん》ど一人でそれを捌《さば》かなくてはならなかった。

父は結核で亡くなっているが、父の煙草《たばこ》のまとめ買いに里子が同行していたことを思い出す場面に碌安寺池が登場する。

帰りには、人気のない住宅地の小路を抜けて、碌安寺池のほとりまで歩いてみる日もあった。碌安寺は江戸時代の中ごろまでは大規模な伽藍《がらん》があったというが、地震のために跡形もなく壊され、今は葦《あし》の茂る池があるばかりである。

また、物思いに沈んだ里子が夜間散歩に出た時も池が描かれている。里子が母と住む家は鉄道から二キロ離れている。

林の奥行は、ほぼ百米であろう。ちょうど半ばのあたりから、北へ向ってかなり急な斜面となり、降り切った所が碌安寺池である。南北に細長く延びた池の南側の三分の一は、周囲が公園として整備され、つい二年前まではボート乗場もあったが、林の附近はまるで手付かずのまま葦《あし》が生い茂り、泥深くて沼に近かった。

善福寺池周辺は一九三〇年に「善福寺風致地区」の指定を受けている。池は「上の池」だけであったが、後に水を堰き止め「下の池」を造った。高井は成蹊中学から中退はしたが成蹊大学に進学しているので、思い出深い場所なのだろう。

善福寺町を含む旧井荻町の土地区画整理について作品では、「町が形を整えたのは、大震災ののち、東京の重心が大きく西へ傾いたと言われる昭和初年」として表現されている。里子の家は土地区画整理された中にある。

その他にも駅附近の建物疎開のことなど具体的に戦争末期の町の状況を描いている。里子は隣家の妻子を疎開させている三十八歳の一人暮らしの銀行支店長と恋に落ちる。

この作品は二〇一五年に里子を二階堂ふみが演じ映画化された。

映画化された作品で特に映画の方が有名なのは、川島雄三監督の代表作の一つである『貸間あり』(一九五九年)だろう。フランキー堺主演のコメディドラマ。門長屋に住む人々を描いている。原作は井伏鱒二『貸間あり』。映画は大阪をロケ地にしているが原作では戦後まもなくの荻窪が舞台である。映画を見て、戦後も長屋門を住いとしていることに驚いた。荻窪駅南口近くには今も長屋門が現存している。

諸田玲子『木もれ陽の街で』

諸田玲子（一九五四〜）の『木もれ陽の街で』は一九五一（昭和二六）年から五二年頃の荻窪を描いている。主人公の公子《きみこ》（二十三歳）の家は、与謝野家から二つ目の角を左へ曲がって二軒目。与謝野家は与謝野鉄幹・晶子が住んでいた家。（跡地は区立与謝野公園として整備公開されている。）公子の駅までの道のりは次のとおり。

坂を下りきった角には変電所がある。子供の頃、このあたりは見渡すかぎりの野っ原で、変電所の建物だけが場違いなほど堂々とそびえ立っていた。今は民家が点在しているものの、それでもこの界隈は草が生い茂ってもの寂しい。

変電所から駅まではゆるい上り坂になる。坂の途中に青バスの車庫があって、上りきったところが荻窪駅である。

近所は外交官や外科医や大学教授などの家。諸田が生まれていない時代を描いた。戦後の混乱期でもなく高度経済成長期でもない狭間の時代。諸田は公子と同年代の荻窪に住む女性たちに当時のことを取材したという。そのためかなり具体的な情景描写がされている。

戦災に遭わなかった荻窪の高台に住む都市中産階級の人々の生活が、あの時代の穏やかな側面を象徴している。

越谷オサム『陽だまりの彼女』

現代作品では越谷オサム（一九七一〜）のファンタジー恋愛小説『陽だまりの彼女』が善福寺公園を描いている。

西武新宿線上井草近くの僕のワンルームマンションに恋人の真緒が両親に内緒で泊まった翌日の朝の散歩の場面は次のように描かれる。

罪深き僕たちは井草八幡宮《はちまんぐう》の境内を小さくなって突っ切り、善福寺池の畔《ほとり》に出た。空が広い。（中略）

池を半周し、僕たちは日当たりのいいベンチに腰を下ろした。朝の陽射《ひざ》しを乱反射する水面が眩《まぶ》しい。

この公園は真緒にとって身近な場所だった。

「言わなかったっけ?私の出た大学ってこのすぐ先なの。だから、善福寺公園にはたまに散歩に来てた」
真緒が女子大卒であることは知っていたが、考えてみれば具体的な校名までは聞いたことがなかった。僕は今日になって初めて、真緒がこの近辺の名門女子大の卒業生であることを知った。

この近辺の女子大は東京女子大学。越谷は一歳から越谷市に住んでいるのでペンネームとした。越谷市内の路線は東武線や武蔵野線だが、埼玉県南部なので西武線には馴染みがあると思われる。善福寺公園は西荻窪と上井草の中間にある。

善福寺公園を夕暮れに初めて訪れた時、西荻窪の住宅街に隣接してこんな大きなしかも静かな池があることに感激したことを覚えている。

高井有一『この国の空』新潮文庫　二〇一五年　新潮社　一九八三年
諸田玲子『木もれ陽の街で』文春文庫　二〇〇六年　文藝春秋　二〇〇九年
越谷オサム『陽だまりの彼女』新潮文庫　二〇一一年　新潮社　二〇〇八年

石井桃子『幻の朱い実』

モダン・ガールと職業婦人

石井桃子（一九〇七～二〇〇八）は児童文学作家や翻訳家として知られているが、『幻の朱い実』は読売文学賞を受賞した純文学作品である。最初でそして最後の長編本格小説は、作者が七十九歳の時から書き始め、八十七歳の時の出版である。

人生の晩年になり、石井の青春時代、大正デモクラシーを経たわずかな自由が潰されつつあったあの時代を残しておかなくてはならない。それも小説という形式でなければ残すことはできないと石井は考えた。

物語は主人公の村井明子と麗和女子大の二年先輩の友人である大津蕗子《ふきこ》を中心に展開する。一九三二（昭和七）年秋の明子と蕗子の出会いから、蕗子が結核により亡くなる一九三六年三月までが第一部と第二部。第三部は一転して一九八〇年代となる。明子は夫を亡くし娘一家と暮らしている。蕗子の生涯を大学時代からの友人である佐野加代子の協力を得て調べ始め、加代子の死により物語が終わる。

この小説は、都心の女子アパートに一人で住む明子（二十三歳）が、休日の一人郊外散歩で荻窪周辺に足を延ばした場面から始まる。

時計が三時をさしてからは、降りた駅より一つ新宿寄りの荻窪に出ようとして、見当をつけて歩きはじめていた。どうやら目的の駅に近づいていることは確かなのだが、この新しく開けた住宅地のはずれは、まだ家々のあいだに疎林や畑地が残っている上、道は湾曲し、不規則にぶつかりあっていたから、ことによると、かなり遠まわりしているのではあるまいかという懸念があった。

そこで一人暮らしをしている蕗子の自宅を偶然見つけ、久々に再会する。その室内は、次のように描写されている。

玄関の二畳の奥は、居心地よさそうな居間兼書斎といった洋間であった。丸いテーブルをはさんで、太い横縞の布をはった肘かけ椅子が二脚。その片方の背に掛けてあったコートやショールを、蕗子はいそいで左手の襖の向うへ放りこんだ。

つきあたりに大きな出窓。その下にデスク。その右手に本のいっぱいつまった回転本棚。テーブルと台所の中間には練炭ストーブがあたたかくなりかけていた。あたりが程よく散らかっていて、ゆったりした感じをあたえるのは、諸道具がどっしりしていて、左手の寝室らしい部屋とのしきりの幅半分に、ざっくりとした麻袋のような地の、大きなカーテンがかかっているせいだろうか。

この後、昭子は蕗子と親しくなるが、帰りの荻窪駅は当時このような駅だった。

五分とかからずについた荻窪の駅は、その沿線のどの駅ともおなじく、古びたさびしい木造の小駅で、線路をへだてて向うにあるプラットホームへは、切符売場の小さい駅舎からブリッジでつながるようになっていた。

荻窪駅（1936 年）　提供：杉並区

明子は『世界婦人協会』に勤めている。女子アパートには大商事会社や出版社に勤めている者あるいは地方新聞の東京支社詰めの記者などが入居していた。蕗子は卒業するとまもなく、新進作家溝口秀樹と同棲しすぐに別れた。溝口は蕗子をモデルに小説を書き、大学の同窓生の間では蕗子は伝説的な存在になっていた。また、蕗子は雑誌社の編集業務をしていたが、退職し文筆家を目指している。そのライフスタイルは二人とも食生活を含め西洋的であった。モボ・モガが流行った時代。だが一方、職業婦人と呼ばれ特殊扱いされてもいた。会社員などの女性は結婚すると仕事をやめなければならない当時の社会状況の中で、仕事を続けるか結婚するかの葛藤があった。明子は当時としては晩婚の二十五歳で結婚しまもなく仕事をやめている。

奔放な蕗子と堅実な明子という対照的な二人であるが、モデルがあった。蕗子は小里文子そして明子は石井桃子自身である。麗和女子大は日本女子大のこと。小里は文藝春秋社の先輩でもあり、社内で二人は親しくなった。小説のなかの新進作家溝口秀樹は横光利一のこと。小里は入社時には既に結核に罹患しており、小説のなかの蕗子より長く療養し一九三八（昭和一三）年に亡くなっている。明子は結婚したが石井桃子は生涯独身であった。また、小里の荻窪の家を訪ねていた頃は、浦和の実家から通勤していた。

このように事実と異なることも多いが、作者の青春時代が描かれていることは疑う余地がない。この時代の高学歴の若者したがって経済的に豊かな階層の子弟は社会主義運動に身を捧げるものも多かったが、小説でも蕗子が警察署で取り調べを受ける場面がある。実在の小里の部屋も活動家の中継所として使われていたことがあった。だが、小説ではあくまで時代背景として描かれているのであり、石井がもっとも表現したかったことはあの時代の自分たちの輝きを残しておくことだったのではないのだろうか。

小里文子が亡くなった後、石井は小里家から荻窪の家を譲り受け、母の死後、一九三九年に荻窪の家に転居する。借地だったため戦後に土地を購入し、一九五八（昭和三三）年には、自宅で「かつら文庫」を開いた。その後、財団法人「東京子ども図書館」の「かつら文庫」として運営する。一九七八年には自宅とかつら文庫を改築した。今も現存し活用されている。

『幻の朱い実』刊行後に、荻窪について記した石井桃子のエッセイがある。

荻窪という土地の名を口にすれば、かつて一人の友人がここに住み、私が足しげく彼女の家に通った（そして、その後、私も彼女の住んだところにずっと住むことになったのだが）、という理由で、いまも私の脳裡には、昭和ひと桁時代後半の荻窪駅周辺の印象がぬきがたく刻みこまれていて、時には、それを追い払うのにこまるほどである。（中略）

駅からの距離、約四分。私は、この四分間のどの一刻一刻も興味とたのしい気持なしに歩いたことがなかった。どの曲がり角にも、どの木立ちにも、どの家にも、歴史と生活があった。

いま、私は、荻窪南口周辺を、心に「デンジャラス・ゾーン」と呼んでいる。あたりは、コンクリートで固められ、せまいせまい道路に人と車がひしめき、私などは、大げさにいえば、「生還を期せず」の覚悟で家を出なければならない。

これが、繁栄なのであろうか。私の心の芯には、まだ道路も土であったころの、ひと気の少なかった荻窪駅南口の

石井桃子記念　かつら文庫

出口の、まだ空が大きかったころの光景がこびりついてはなれないのである。
石井桃子［荻窪］南口の亡霊。『東京人』都市出版 一九九五年一一月号

幻の赤い実は作品内では大津蕗子の家の門口を飾る烏瓜の実であるが、石井桃子にとって、幻は昭和ひと桁後半の荻窪の地そのものであった。

石井桃子『幻の朱い実（上）』
岩波現代文庫 二〇一五年 岩波書店 一九九四年
石井桃子『幻の朱い実（下）』
岩波現代文庫 二〇一五年 岩波書店 一九九四年

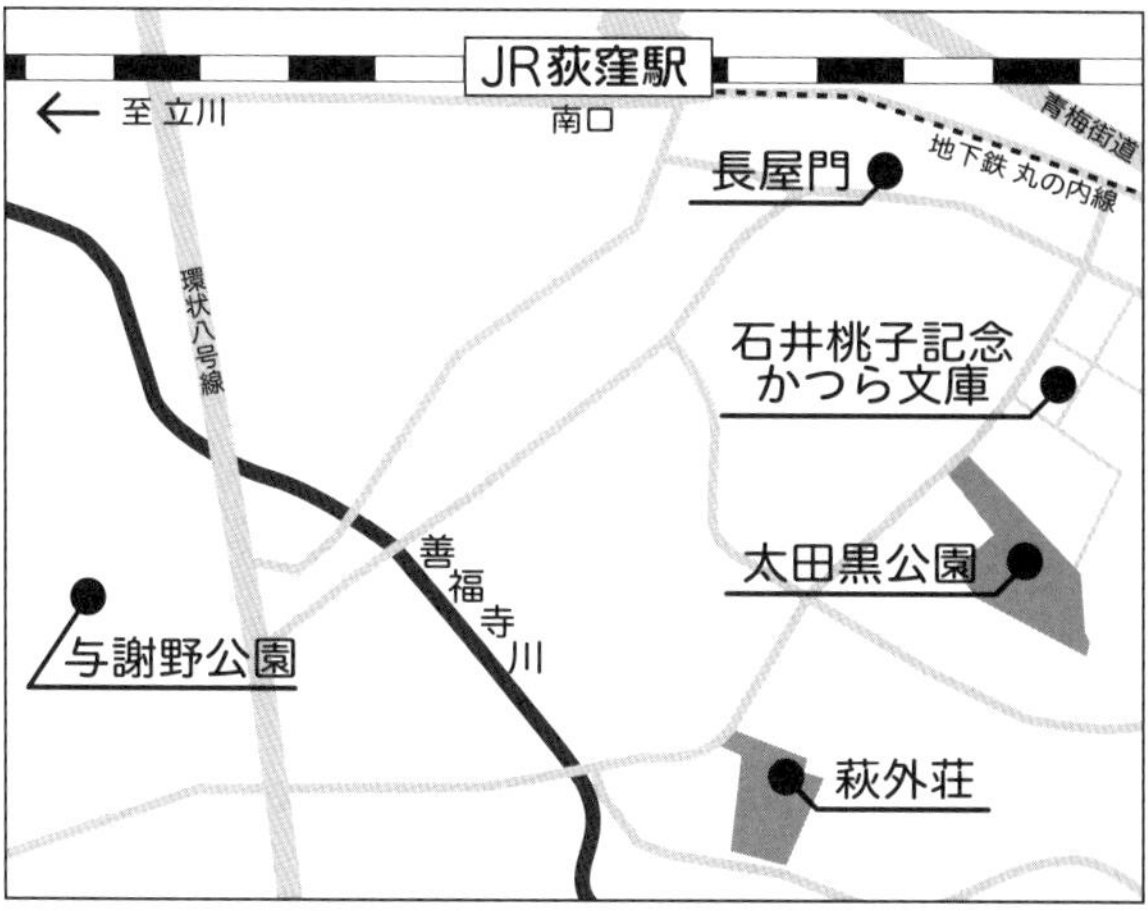

井伏鱒二『荻窪風土記』

井荻町から杉並区へ

本書の個別作品を紹介する項目の中で、この作品のみが小説ではなく随筆である。井伏鱒二（一八九八〜一九九三）は、昭和戦前を中心とした生活の実態を随筆でなければ描けなかった。石井桃子の『幻の朱い実』と同じく執筆時には八十歳を超えていた。自身が経験した時代と町を後世に残したいとの思いに溢れている。

『荻窪風土記』は「豊多摩郡井荻村」と題して一九八一年二月から一九八二年六月まで『新潮』に連載され、単行本として刊行される時に改題した。

改題したことにより、多くの読者を獲得できたとも言える。そもそも井伏が住み始めた時は「村」ではなく「町」であった。井荻町下井草、現在の杉並区清水である。一九二六（大正一五）年に町制を施行し一九三二（昭和七）年には合併により杉並区となった。

この作品は昭和戦前の中央線沿線を描いた随筆として広く知られている。善福寺川や荻窪のいくつかの通り沿いあるいは阿佐ヶ谷会そして太宰治や地域の市井の人々との交流など内容は多岐にわたる。

井伏も住んだ井荻町は井荻土地区画整理組合による整然とした街並みで知られている。

一九二六年より着工し一九三五（昭和一〇）年に竣工した。その面積は八八一ヘクタールと井荻町全域に及び東京府内最大規模の土地区画整理事業であった。

井伏は自宅も関係したはずの歴史的な都市計画事業については一切触れていない。この随筆の雰囲気に合わないと考えて割愛したのではないだろうか。だが、そのことはこの作品の魅力を損なうことではなく、逆に文学作品であることの証左であるのかもしれない。

借地を見つける場面は次のように書かれている。土地の急騰がわかる。

教会通り（天沼の弁天通り）

昭和二年の五月、私はここの地所を探しに来たとき、天沼キリスト教会に沿うて弁天通りをぬけて来た。（中略）その辺には風よけの森に囲まれた農家一軒とその隣に新しい平屋建の家が一棟あるだけで、広々とした麦畑のなかに、人の姿といってはその野良着の男しか見えなかった。私は畦道《あぜみち》をまっすぐにそこまで行って、

「おっさん、この土地を貸してくれないか」と言った。相手は麦の根元に土をかける作業を止《よ》して、

貸してもいいよ。坪七銭だ。去年なら、坪三銭五厘だがね」と言った。

井伏は郷里の兄に家の建築資金を出してもらった。昭和戦前までの作家の多くは高学歴であり、したがって比較的裕福な家庭の出身者で特に家を継がなくても良い次男、三男が多い。八幡通り（現・天沼八幡通り）は特別である。

天沼八幡神社

戦争前、荻窪の八幡通りは美人横丁という名前だと聞かされていたが、戦後は八幡通りと街頭の表示に明記された。戦前、天沼八幡様の裏手あたりは軍人の住宅が集落のように集まっていた。軍人は器量好みで面食いと言われ、美人の細君や娘さんが、八幡様前のこの通りを駅の方に向って歩いて行った。お昼すぎになると、三越や帝劇に行く女性が化粧して通って行く。

淡々と事実を書いているように見えて批評性が感じられる文である。ちなみに天沼八幡神社の裏手には軍人の邸宅が集まっていたが、現在はすぐ裏手は都営団地であり周辺は小規模マンションが多く、屋敷町の面影は失われている。

『新潮』の第一回連載であった「荻窪八丁通り」には、興味深い事実が書かれている。

私は昭和二年の初夏、牛込鶴巻町《うしごめつるまきちょう》の南越館という下宿屋からこの荻窪に引越して来た。その頃、文学青年たちの間では、電車で渋谷に便利なところとか、または新宿や池袋の郊外などに引越して行くことが流行のようになっていた。新宿郊外の中央沿線方面には三流作家が移り、世田谷《せたがや》方面には左翼作家が移り、大森方面には流行作家が移って行く。

これには注釈が必要である。世田谷方面とは、玉川電気鉄道（通称玉電）沿線のこと。壷井繁治・栄夫婦や野村吉哉と同棲していた林芙美子など三組の文芸戦線系のプロレタリア作家が同じ太子堂の長屋に住んでいた。震災後、夫婦で住める程度の広さがあり家賃の安い場所が限られていた。

この後、プロレタリア作家は私小説作家と同様に中央線沿線に集まるようになる。沿線は空き家が多く家賃を滞納しても厳しく取り立てられなかったようだ。家賃を踏み倒すために頻繁に引越をしていた。

昭和初期のプロレタリア文学の人気は高く、この作品においても幾度か言及している。代表的なプロレタリア作家である小林多喜二についても触れている。

多喜二は阿佐ヶ谷に移って来ると、ピノチオの常連客の立野《たての》信之《のぶゆき》に連れられて、一緒によくこの店に来た。立野は以前から阿佐ヶ谷にいたので、私たちは古くから知っていた。新来の多喜二のことはよく知らないが、もの静かで温厚誠実な男のようであった。ゆっくり席を立って来て、店の給仕人がするように、こちらにビールを注《つ》いでくれることがあった。見てくれだけで遣《や》っているとは思えない。古めかしく折目の正しい遣りかたが身についていたようだ。多喜二が亡《な》くなったという速報が伝わった日に、私は外村繁《とのむらしげる》や青柳瑞穂《あおやぎみずほ》とピノチオに集ったが、刑事がお客に化けて入って来ているのがわかったので、私たちはこそこそ帰って来た。

私小説作家を中心とする阿佐ヶ谷会の人々とプロレタリア作家が飲食店で言葉を交わしていた時代があったのだ。

なお、中央線沿線は駅の設置年だけではなく、新宿からの距離が都市化の目印であったようだ。

この沿線の新開地としては、荻窪よりも阿佐ヶ谷の方が先輩であり、阿佐ヶ谷よりも高円寺の方が先輩である。飯屋、食べもの屋、洋食屋などの殖えかたも、高円寺の方が荻窪の先を越していることがわかった。荻窪には寄席も美術倶楽部《クラブ》も一つもなくて、高砂館という小型の映画小屋が一軒しかなかった。（中略）通勤者の多い朝晩は別として、平素は乗る人が二人なら降りる人は一人ぐらいなものである。

中央線沿線の特徴について次のように述べている。

> 新開地での暮しは気楽なように思われた。荻窪方面など昼間にドテラを着て歩いていても、近所の者が後指を差すようなことはないと言う者がいた。貧乏な文学青年を標榜《ひょうぼう》する者には好都合なところである。

昭和初期から亡くなるまで六十六年間住んでいた荻窪の作家・井伏鱒二が見た沿線の飾らない魅力である。

井伏鱒二『荻窪風土記』新潮文庫 一九八七年
新潮社 一九八二年

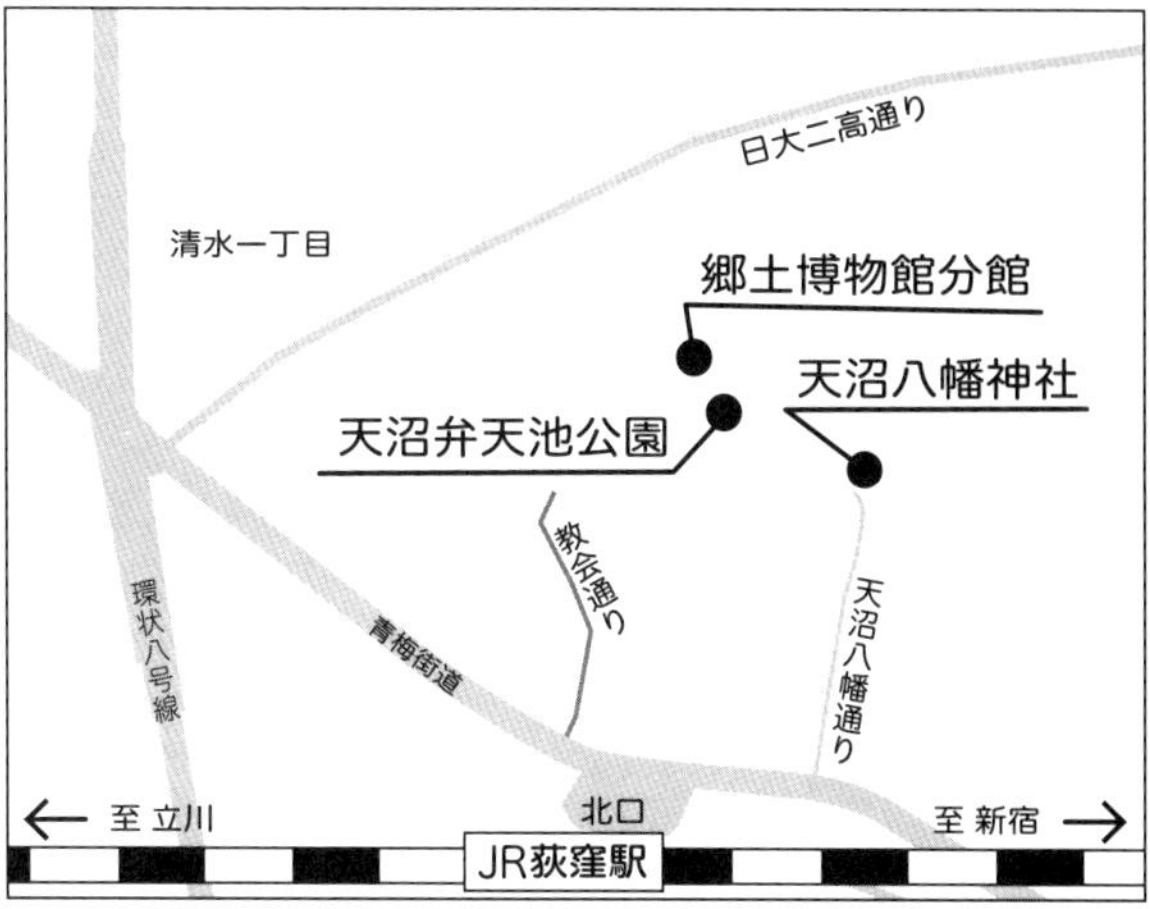

角田光代『ドラママチ』

喫茶店文化の街

西荻窪に住んで二八年になる角田光代（一九六七〜）の小説は中央線沿線の町を舞台とすることが多い。代表作である『八日目の蝉』（二〇〇七年）は、不倫相手の子供を誘拐し小豆島で一緒に暮らすという衝撃的な内容だが、誘拐してタクシーに乗り、朝の小金井公園まで行く。不倫相手の秋山夫婦が将来の一戸建て購入に備えて家賃の安い日野市のアパートに住んでいた時に娘を誘拐された。主人公が当初住んでいた場所は武蔵野市吉祥寺東町のアパート。その後、娘が秋山夫婦の元に戻ってきた時は八王子さらに川崎そこから立川のマンションに転居する。

中央線沿線が小豆島と並び重要な舞台だが、町はほとんど描かれていない。角田の作品は中央線沿線の地名は明記されるが町を具体的に描写することは少ない。

そのような角田作品の中において、『ドラママチ』は逆に町を具体的に描いていることに特色のある小説である。中野、高円寺、阿佐ヶ谷、荻窪、西荻窪、吉祥寺、三鷹、東小金井、武蔵小金井などの新宿以西の各駅周辺が描写されている文字通りの中央線小説である。特に、杉並区である阿佐ヶ谷、荻窪、西荻窪が繰り返し登場する。

『ドラママチ』のマチは街と待ちの二つのマチを意味する。八つの短編小説集である本作の

邪宗門

主人公たちは全て三十歳代中頃から四十歳までの女性。恋愛が上手くいかなかったり、結婚生活に不満がある女性たち。執筆時の角田とほぼ同世代である。一言で言えば幸福を待つ女たち。作品ごとに微妙にトーンが異なり、そのトーンと町の描写が絡まる。

　特に、喫茶店が重要な要素となる。八つの作品全てに喫茶店が登場する。今はない店もあるが、執筆当時は全て実在していた喫茶店である。

「ワタシマチ」ではモデルをしている主人公の家庭が一番豊かだった幼少期に一時期住んだ荻窪の喫茶店を訪ねる場面がある。

　荻窪駅にほど近いこの喫茶店、邪宗門は、レトロな雰囲気の漂う喫茶店である。もし単純に、休憩をとるためだけにここに立ち寄ったのなら、素直にそう感想を述べただろう。けれど、「豪華な、洋風モダンな、洒落た、鹿鳴館を彷彿《ほうふつ》とさせるカフェ」と前置きしたあとでは、この店はあまりにもみすぼらしい。

邪宗門は国立《くにたち》でも二〇〇八年まで営業していた。チェーン店とは異なる。素人の奇術愛好家の集まりがあり、最初に国立の人が店を開店させた。二号店が荻窪である。店名は北原白秋の詩集『邪宗門』に由来している。

また、「ツウカマチ」では、東小金井の友人宅で出会ったヤマガタさんとのデートの場面でも現存している喫茶店が登場する。

西荻一番街

ヤマガタさんが指定したのは西荻窪の喫茶店だった。阿佐ヶ谷駅から駅二つしか離れていないのに、西荻窪に降り立ったことはほとんどない。迷わないように、早めに家を出て、メモを片手に狭い通りを進む。両側に商店の並ぶ狭い道なのに、バスはごくふつうにスピードを出して過ぎていく。メールから書き写した文字に目を落とす。物豆奇とある。なんと読むのだろう。商店街をだいぶ歩いて、やっとその店を見つけた。時間を確かめると、約束までにまだ三十分もある。運良く喫茶店の隣が古本屋だった。時間をつぶすつもりで、古本屋のガラス戸を開けた。

角田は、西荻窪は古本屋を含め書店が多いことや個人経営の飲食店が多いことそして商店街が充実していることを、街の魅力にあげている。

本作について、インタビューに答え次のように述べている。

短編集『ドラママチ』は、中央線沿線の街を舞台にしています。編集者が「中央線の喫茶店文化を広めたい」と言い出して……。その人は西荻窪の生まれで、地元への愛着が強かったんです。私は彼に連れられて、沿線の取材に行きました。どの街にも必ず、有名な喫茶店があるのは面白かった。中央線って、駅を降り立ったときの印象はどこも似ているのですが、少し歩くだけで、街の個性がすごく違うと分かりました。「この街はこういう話にできそう」と考えやすくて、書きやすかったです。

「武蔵野のひと」角田光代（聞き手　磯村健太郎）

『武蔵野樹林』VOL.5　発行・角川文化振興財団 発売・㈱KADOKAWA 二〇二〇年

『ドラママチ』は街のディテールだけではなく、なによりも人物のディテールに魅力があり、そのため、中央線沿線の街を知らなくても興味深く読み進めることができる。

角田光代『ドラママチ』文春文庫 二〇〇九年　文藝春秋社 二〇〇六年

コラム　松本清張の中央線

松本清張（一九〇九〜一九九二）が亡くなって三〇年以上経つ。社会派ミステリーを確立したとされているが、社会が変わればその作品は古びて忘れられてしまうジャンルでもある。にもかかわらず、今もきわめて多数の著作が文庫本として発売されている。その秘密は一体どこにあるのだろうか。

清張のミステリーには地方の印象的な場所が描かれている。あるいは清張作品により広く知られるようになった場所もある。

たとえば、『ゼロの焦点』の能登金剛や『球形の荒野』の京都南禅寺あるいは『波の塔』の青木ヶ原樹海など。映画やテレビドラマにおいて繰り返し放映されている。しかし右記三作に限っても同時に新宿以西の中央線沿線周辺を描いてもいるのである。

清張原作の映画やテレビドラマは、原則的には小説に描かれた場所を実際の撮影場所としているが、東京の郊外だけは場所を不明確にし小説に描かれた場所とは別の場所で撮影されていることが多い。そのため、小説を読まなければ中央線沿線の風景を描いていることに気づくことはない。地方の寺や自然と異なり、東京の風景は清張が書いた当時から激変しているために、後年に作品に沿って撮影することが不可能になっていることが多いためでもある。

清張は芥川賞受賞後まもなく本人の希望が叶い、朝日新聞西部本社（北九州市）から朝日新聞東京本社に転勤となる。一九五三（昭和二八）年一二月のこと。

当時の東京は住宅難のため単身赴任し、荻窪の父の弟の未亡人宅などに寄宿する。翌年七月に家族を呼び寄せ練馬区関町の借家に転居した。その後は練馬区上石神井に新築移転し、さらに、一九六〇年分所得金額が作家部門第一位と発表された一九六一年には、杉並区上高井戸（現・高井戸東）に新築移転し終の棲家となる。

このことからも愛着のある東京の西郊とりわけ中央線沿線を中心とした風景を作品に織り込んだように思われる。

戦前に死んだはずの外交官が生きていたことから起こる国際謀略ミステリー『球形の荒野』では、ヒロイン節子の叔母の家が荻窪である。


叔母の家は、杉並の奥の方にあった。そこは、まだ、ところどころ、武蔵野の名残りの櫟林《くぬぎばやし》があった。近くには、或る旧貴族の別荘がある。その邸は、殆《ほとん》ど、林の中に包まれていた。節子は、この辺の道を歩くのが好きである。

新しい家も、ふえていた。そのために、次第に、彼女の好きな林が失われて行くのである。それでも、旧貴族の別邸の辺りは、櫟、樫《かし》、欅《けやき》、樅《もみ》などが高々と空に梢を張っていた。

荻外荘（2015 年）　提供：杉並区教育委員会

荻窪の南口から善福寺川に下っていくあたりは、マンションが増えているけれども今も豪邸が目に付く地域である。旧貴族の別邸は近衛文麿の別邸である荻外荘《てきがいそう》をイメージしている。内閣総理大臣を務めた近衛は一九三七（昭和一二）年から一九四五（昭和二〇）年一二月の自決に至るまでここで過ごした。二〇一六年に国の史跡に指定され、杉並区では二〇二四（令和六）年一二月に史跡公園としての公開を目指し、現在、復原・整備工事を進めている。

実際に起った外国人神父による日本人スチュワーデス殺人事件に基づき推理して書かれた『黒い福音』でも荻窪駅はO駅とし荻外荘あたりを描いている。

佐野は、O駅の南口からしばらく歩くと、かなり大きな邸宅のある住宅街を知っていた。
そこには、戦争中の宰相だったK元侯爵《こうしゃく》の別荘もあった。
それぞれの家が、長い塀《へい》と、深い植込みの中に守られていた。道を歩いていても、覗《のぞ》きすら許されないような大きな邸《やしき》がつづいている区劃《くかく》だった。

『黒い福音』では善福寺川を玄伯寺川とし、川の様子も描いている。あの頃の東京の川は下水道が完備されていなかったこともあり汚かった。

玄伯寺川《げんぱくじ》のほとりを、付近の農家の主婦が歩いていた。

この辺は、武蔵野の櫟林《くぬぎばやし》と、赤土の上に出来た畑とが、まだ昔のままに残っている地域だった。ここから北方に約二キロの所に、中央線O駅がある。(中略)

農婦が歩いているのは、この川に沿った畦道《あぜみち》だった。川幅は、約五メートルぐらいある。水は黒味を帯びて汚なく、泡《あわ》の浮いた澱《よど》みを見せて流れている。川には、古下駄や、棒切れや、茶碗《ちゃわん》のカケラや、とにかく、そういったゴミのようなものが絶えず捨てられてあった。

清張は作家デビューこそ遅かったが、亡くなるまで約四〇年間書き続けた作家である。ただしミステリーの代表作はほとんど一九六〇(昭和三五)年前後の五年間程の間に集中している。その期間は、日本の高度経済成長が始まった頃であり、東京の郊外の町は変わりつつあったが、急激な変貌の直前でもあった。

清張作品には風景が一変する前の過渡期の郊外が正確に描かれている。西日本しか知らなかった清張は東京西郊の風景の特色や変貌に敏感だった。上京当時、武蔵野の林に驚いたという。

私が九州から東京に移って来たのは八年前だが、そのころ、荻窪の親せきの家に仮ぐう（寓）していた。まだ朝日新聞社に勤めていたが、暇なときには、よく西の郊外へ散歩に行った。そのときの私の驚きは、いわゆる武蔵野の林層が直線的であることだった。ケヤキ、クヌギ、ナラ、スギ、ヒノキといった植物は、横にひろがらずに空に向かって直立している。これが視覚的にたいへんきれいだった。九州の林は、南国的というか、横に枝を繋らせる。そのため見た目に、はん雑なのだが、武蔵野の林は、広い横の地平線に縦の線を描くので、すっきりとしている。

古くから残っている農家は、生けガキをめぐらし、亭亭と空に伸びたケヤキの林に囲まれている。農家の屋根は、大ていカヤぶきである。道はひっそりとして人通りもない。

「移りゆく武蔵野」『朝日新聞』一九六一年九月一〇日夕刊

ところで、松本清張は太宰治や大岡昇平並びに中島敦と同じ一九〇九（明治四二）年生まれである。大正デモクラシーの影響を受けている世代でもある。中島敦は昭和戦前の一九四二年に亡くなり、太宰治は連合国による占領下である一九四八年に亡くなっている。清張とは作家として活躍した時代が異なるがそのこととは別に学歴差が大きい。

中島は東京帝国大学卒、太宰は同大除籍そして大岡は京都帝国大学を卒業している。対して清張は尋常高等小学校卒。昭和戦前に大学とりわけ帝国大学まで進むのは恵まれた家庭環境の元で育ったほんの一部の人に限られる。義務教育が小学校までだった昭和戦前ではその上に二年ある尋常高等小学校卒は標準的な学歴だった。旧制中学の進学率は今日の大学進学率より遥かに低かった。しかし、新聞記者が夢だった清張にとっては辛く苦しいことだっただろう。

自伝である『半生の記』には、一人息子として両親に自分の生涯の大半を束縛されたことと家が貧乏であったことによって自分の好きな道を歩けなかったことが記されている。「私に面白い青春があるわけではなかった。濁った暗い半生であった。」という。卒業後、会社の給仕をしていたが、給料はほとんど家に入れなければならなかった。次のように当時を回想している。

その頃の辛《つら》さといえば、中学校に入った小学校時代の同級生に途上で出遇《であ》うことだった。私は詰襟服を着て、商品を自転車に載せて配達する。そんなとき、四、五人づれで教科書を入れた鞄《かばん》を持つ制服の友だちを見ると、こちらから横道に逃げたものだった。

一九四二年にようやく図案描きで朝日新聞社の正社員となったが、そこには学歴による著しい差別があった。また、戦後も世相が落ち着いてくると単調で退屈な生活に逆戻りした。「絶えずいらいらしながら、それでいて、この泥砂の中に好んで窒息したい絶望的な爽快《そうかい》さ、そんな身を虐《さいな》むような気持が、絶えず私にあった。」という。四十歳近くになっていた。それからまもなく作家・松本清張が誕生する。

そのような境遇から中年になって作家となったからこそ、恵まれない境遇の人の気持ちが実感としてわかり、同世代の有名作家とはまったく異なる作品を生み出し、時代を超えて今も多くの熱心な読者がいるのではないだろうか。

松本清張『球形の荒野』文春文庫 上・下 二〇一〇年改版
「オール読物」(一九六〇年一月号～六一年一二月号)
松本清張『黒い福音』新潮文庫 一九七〇年『週刊コウロン』一九五九年一一月～一九六〇年一〇月
松本清張『半生の記』新潮文庫 一九七〇年　河出書房新社 一九六六年

5

吉祥寺・三鷹の文学風景

井の頭池

吉祥寺・三鷹周辺を描いた作品

吉祥寺・三鷹周辺は武蔵野市・三鷹市の周辺である。武蔵境駅は甲武鉄道開通時の開業だが、吉祥寺駅開業は一八九九（明治三二）年であり、三鷹駅開業は遅く一九三〇（昭和五）年である。

この周辺は昭和戦前より山本有三や武者小路実篤そして太宰治並びに埴谷雄高などの作家が住んでいた。

井の頭公園を描いた作品

この地域のシンボルは三鷹市及び武蔵野市に広がる井の頭公園だろう。中央線沿線の中でもっとも多くの小説に描かれている場所でもある。乗降客数の多いターミナル駅のすぐ近くにある広大な自然公園は他に見当らない。東京の西に住む誰もが一度は訪れたことのある場所である。

井の頭公園を描いた数々の有名作品を紹介するだけでも一冊の本になる。年代別に作品を見ていくと公園を契機とした社会の変遷が見えて来るかもしれない。例えば、吉行淳之介（一九二四〜一九九四）の『闇のなかの祝祭』では三鷹市と武蔵野市が隣接することからくる勘違いに触れている。この小説の執筆当時は井の頭公園周辺には旅館が多くあった。井の頭池は三鷹市だが、池の上の道路沿いは武蔵野市である。また、島田荘司（一九四八〜）の『都市のトパーズ2007』は小説内で公園を巡る都市論を展開していてたいへん刺激的な内容である。

太平洋戦争前後の情景描写では、太宰治と黒井千次の作品比較が興味深い。太宰治は一九三九（昭和一四）年から亡くなる一九四八（昭和二三）年まで終戦前後の一時期を除き三鷹の下連雀で過ごし、数多くの作品に三鷹が登場する。しかし風景を具体的に描くことはほとんどなかった。数少ない例外が、戦後の代表作のひとつである『ヴィヨンの妻』の次の場面である。主人公の妻である語り手が子供を背負って小金井の自宅から電車に乗り吉祥寺で降りる。太宰の戦後認識を象徴するように描かれている。

吉祥寺で降りて、本当にもう何年振りかで井の頭公園に歩いて行って見ました。池のはたの杉の木が、すっかり伐《き》り払われて、何かこれから工事でもはじめられる土地みたいに、へんにむき出しの寒々した感じで、昔とすっかり変わっていました。（中略）「坊や。綺麗《きれい》なお池でしょう？　昔はね、このお池に鯉《こい》トトや金《きん》トトが、たくさんたくさんいたのだけれども、いまはなんにも、いないはねえ。つまんないねえ」

現代作家である黒井千次は自身の体験を元にした瑞々しい青春小説である『春の道標』において、戦争前後の井の頭公園を詳細に描いている。

彼の記憶に強く残っているのは、池の水際近くまでびっしり生えている杉の木立だった。まだ戦争前のことだが、家族揃って出かけたこの公園の杉の根もとで父や兄と隠れん坊をしたのを覚えている。手を廻しても半分も触れない太い幹は幼い明史の身体をすっぽりと隠してくれた。

その杉の林は一部をのぞいて姿を消し、かつては樹々の深い陰が抱くように覆っていた池が、今は冬空の下に露に投げ出されている。空襲による爆弾で直接被害を受けた杉もあるのだが、それより遥かに多くの木が急遽切り倒され、空襲で死んだ人々の棺桶《かんおけ》を作るのに使われたのだ、という噂を彼は名古谷からきかされたことがあった。

他にもこの小説には進駐軍のアメリカ兵と日本人の女の二人一組で乗ったボートが幾艘《そう》も浮かんでいる場面が描かれている。

又吉直樹の芥川賞受賞作であり近年の驚異的なベストセラー『火花』では、高円寺に住む主人公の売れない芸人徳永と上京して上石神井（練馬区）に住む先輩芸人神谷が一時期毎日のように行く場所として吉祥寺の街と井の頭公園が描かれている。ハモニカ横丁の居酒屋と公園隣の焼鳥屋は実在する店が登場する。主人公が井の頭公園を先輩芸人に紹介する場面は次のように描かれている。賑わいと活気のあるのがこの公園の特徴でもある。

公園に続く階段を降りて行くと、色づいた草木の間を通り抜けた風が頬を撫《な》で、後方へと流れて行った。公園は駅前よりも時間が緩やかに進んでいて、目的を持たない様々な種類の人達がいたので、神谷さんも馴染《なじ》んだ。僕は、この公園の夕景に惚《ほ》れていて、神谷さんを連れてこられたことを嬉しく思った。

池のほとりに腰を降ろし、太鼓のような細長い楽器を叩いている若者が平凡な無表情を浮かべていて、僕も確かに気にはなったのだが、神谷さんは周りを憚《はばか》ることなく、男の前で露骨に立ちどまると、首を傾《かし》げて不思議そうに男の顔と楽器を交互に見比べた。

津村節子と吉村昭

井の頭公園近くに住んでいる作家で三鷹市名誉市民でもある津村節子（一九二八〜）は繰返しエッセイなどで井の頭公園周辺を書いているが、亡くなった夫・吉村昭との最後の日々を描いた私小説『紅梅』では、土地購入の経緯や玉川上水を守る会への協力などについても触れている。吉祥寺と明記されていないが、街の変遷について次のように書いている。

三十六年前に井の頭公園に隣接する土地に家を建てて以来、街は驚くほど変化を続けている。もみ殻の上に卵を並べた店や、ガラスケースの中に色とりどりの飴を入れている飴屋などのあった駅前の通りに、インテリアショップやファッションビルが建ち、開かずの大踏切は高架になって、その下がショッピングセンターや食堂街になった。

吉村昭（一九二七〜二〇〇六）は、『戦艦武蔵』や『天狗争乱』など記録文学で著名な作家だが、短編小説や随筆では井の頭公園や吉祥寺周辺が描かれている。随筆集『わたしの流儀』は吉祥寺の料理屋で配管業者に間違えられたことなどユーモラスな内容のものがある。井の頭公園の花見についても書かれている。

公園の広大な池のふちには桜樹が植えられていて、花の季節になると花がびっしりとついた枝が池にむかって垂れ、見事である。

池の中央に橋が架かっていて、近くの吉祥寺の繁華街に行くには、その橋を渡ってゆく。家内と買物に行くことが多く、桜樹を見上げて「三分咲き」だとか「五分咲きになっている」などと話し合う。「満開と思っても実際は七分咲きなんですよ」と言うのが、家内の口癖である。

花盛りの休日には、桜見物の人が橋の上を埋めつくして通れなくなるので、池の北側を迂回《うかい》する。そこから眺めると、池が桜花にふちどられているのが一望できて壮観である。

松本清張の描いた吉祥寺・三鷹・深大寺

吉祥寺・三鷹周辺を描いた松本清張作品も多い。「皿倉学説」の主人公である元国立大学医学部教授の採銅健也（六十五歳）は、愛人との関係が妻に知れ、麻布の家を追いだされて、吉祥寺駅からバス便の井の頭に愛人と住んでいる。近くに玉川上水がある。

狭い川だが、両側に鬱蒼《うっそう》と雑草や笹《ささ》が茂っている。笹も近ごろは黄色く枯れてきた。流れはいつも速く、深そうな水の色をしている。（中略）ここに越して来たときはまだ向うの畑が見渡せたものだが、近ごろは家が壁になっている。

作品発表当時は新宿の淀橋浄水場がまだ廃止されておらず、多摩川の水が小平監視所下流の玉川上水にも流れていた。

清張作品の中でこの辺りの地域を描いたもっとも有名な作品は深大寺周辺を描いた『波の塔』だろう。深大寺は調布市だが、中央線と京王線の間にある。深大寺の西が三鷹市大沢であり、東が三鷹市中原である。この小説では主人公の二人が深大寺から大沢の東京天文台（現・国立天文台）近くまで歩くところを描いている。

この作品の映画化により、深大寺は有名になり東京近郊の観光地となった。作品では「深大寺そば」は二、三軒でひなびた食べもの店と表現されている。また、当時の湧水は今では考えられないほど豊富だったという。

深大寺付近はいたるところが湧き水である。それは、土と落葉の中から滲みでるものであり、草の間を流れ、狭い傾斜では小さな落ち水となり、人家のそばでは筧《かけひ》の水となり、溜め水となり、粗《あら》い石でたたんだ水門から出たりする。

歩いていて、林の中では、絶えずどこかで、ごぼごぼという水のこぼれる音が聞こえてくるのである。

清張は『波の塔』とほぼ同時期に執筆した『歪んだ複写――税務署殺人事件――』においても深大寺を描いている。また、この小説の中で武蔵境から北へ約二キロの場所で死体が発見されるが、この辺りの風景を次のように表している。

東京都の人口がふくれて、このあたりにも急激に人家の波の端が押しよせてきた。アパートや公団住宅が次々に建った。今では、近代的な建物と畑を挟《はさ》んで藁《わら》屋根が見える。農家は、大てい防風林で囲っていた。その林の中に、近ごろ、古びた土色をした藁屋根のかわりに、新しい瓦葺《かわらぶ》きの家が見えるのは、この辺の農家が、田畑の一部を住宅地に切り売りするからである。土地の値上がりと、宅地の侵入には、百姓も抗しきれない。

松本清張が描いた一九六〇年前後の武蔵野市・三鷹市周辺はもっとも人口が増加した年代である。変わりつつある風景が度々描かれている。

倉橋由美子『暗い旅』・辻井喬『彷徨の季節の中で』・中山可穂『白い薔薇の淵まで』

松本清張が武蔵野の風景を描いていた頃、倉橋由美子（一九三五〜二〇〇五）はまったく異なる風景を提示した。あなたが主人公の二人称小説である『暗い旅』は、刊行当時、フランスの現代思想や文学に影響を受けた最先端の作品であった。今も、また新しい。

あなたは吉祥寺のアパートに住んでいる。作者のお気に入りの場所や情景もこの小説に描かれている。

《ブラジル》の扉に手をかける、すると背の高いボーイが――あなたにははじめてのボーイだ――あなたを吸いこもうとするかのように勢よく扉を引く。あなたは立てているコートの襟を両手でなおしながら、壁に貼られたリストをみて、カウンターの少女に「百十三番、お願いね」と頼み、地下の《ファンキイ》への狭い階段をおりる。

倉橋は明治大学フランス文学科に在学中の一九五八（昭和三三）年に吉祥寺に転居した。『暗い旅』刊行翌年の一九六二年に歯科医の父が急死し、大学院を退学して故郷の高知に帰郷するまで住んでいた。その頃の体験が投影されている。

三鷹駅が開業してまもなくの駅周辺の風景を堤清二のペンネームである辻井喬（一九二七〜二〇一三）は自伝的小説である『彷徨の季節の中で』に織り込んでいる。

その頃《ころ》の三鷹は、できたばかりの中央線の駅前に、数軒の商店が並んでいるだけの、武蔵野のなかの新開地であった。周囲は一面の麦畑で、雑木林や欅《けやき》の群生が点在し、人々の家はたがいに離れて、林や木立に身を寄せるように建っていた。

週に一度、父が旧市内の家からやってくる日をのぞけば、三鷹での生活は、三人だけの、鳥や虫や植物たちの営みに囲まれた、閉ざされた世界だった。その頃、私の母は父の正妻ではなく、胸を病んで寝ていることが多かった。

その後、母を主人公にした『暗夜遍歴』においても林や畑に囲まれた三鷹を描いている。辻井は一九三一（昭和六）年から一九三九年まで三鷹で暮らした。ここから父の創設した国立《くにたち》学園小学校に通学した。その小学校では、「父無し児」「妾の子」という侮蔑を受けたという。

中山可穂（一九六〇〜）はＬＧＢＴなどの用語が一般化される前から小説で女性同士の恋愛

を描いて来た。『白い薔薇の淵まで』はヒリヒリする破滅的な恋を描いた山本周五郎賞受賞作である。
わたしは恋の相手である塁と連絡が取れなくなり、三鷹のはずれにある塁のアパートに行くことにした。

塁の言っていた通り、大きなお寺の隣に彼女のアパートはあった。交番で乗るべきバスを教えてもらい、運転手さんに降りるべきバス停をきき、途中で何人かに道をたずねながら探し歩いた。
このあたりは畑が多く、まだ驚くほど緑がそこかしこに残っている。（中略）バスは一時間に三本しかなかった。三十分近く揺られ、降りてからはさらに十分ほど歩かなくてはならない。これでも東京の一部である。

このアパートの住所は明かされていない。三鷹市大沢あるいは北野か中原あたりだろうか。その後、塁と別れ、わたしは結婚し吉祥寺のマンションに住む。

塁とは音信不通になっても、せめて近くの街にいたいと思わなかったと言えば嘘になる。二人の通勤のことを考えればどちらにとってもまあまあ便利で、吉祥寺は学生時代からよくデートした街だったし、喜八郎も気に入っている店がたくさんあったので、彼は文句は言わなかった。

そして、「わたしたちは日曜日になると井の頭公園に行き、ボートに乗ったり、運動場でバドミントンをしたりした。」が、そのような平穏な日々は長く続かなかった。

奥泉光・高村薫・山田詠美

三鷹市は駅から遠い場所が多くそのことが多様性を保つことにも繋がっている。三鷹市大沢は市内でもっとも人口密度が少なく、今も自然豊かな場所である。大沢にある国際基督教大学（ICU）に通い、二〇〇二年からは大沢に住んでいる奥泉光（一九五六～）は、ICUや隣の東京神学大学に触れた「三つ目の鯰」などの作品もある。

また、父とICUの建物とは縁があった。

ICUの正門から教会へと続く六百米《メートル》ほどの路は、両側に桜が立ち並び、近隣では花の名所なのだが、あるとき自分の父親が花見がてらに大学を訪れてきたことがあった。自分が案内して、桜を眺めつつ本館の前まできたとき、「オレ、あそこにいたよ」と父親が急にいい出した。どういうことかと問えば、戦時中勤労動員で中島飛行機に派遣され、三鷹研究所で働いていたというのである。

奥泉光「野川　こころの玉手箱」『日本経済新聞』二〇一八年七月五日夕刊

奥泉が学んだＩＣＵ本館は中島飛行機三鷹研究所だったのだ。

高村薫（一九五三～）もＩＣＵに学んだ。その頃のことを次のように語っている。

一九七一年の三鷹キャンパスは、現在よりずっと雑木林が深く、建物はすべてそのなかに埋もれて点在しているような感じだった。コナラやクヌギは、それこそ洒落た風景写真にあるようにひょろりと空へ向かって伸びており、樹高は十五メートルから二十メートルほどあった。二階建ての学生寮などは、屋根のはるか上から枝が被いかぶさっていたので、初夏から晩秋までの日当たりはすべて木漏れ日といううつくしさだった。（中略）当時の学生たちは、良くも悪くも三鷹の雑木林によって時代と社会の享楽から隔絶され、しばし思索のための静けさと光を与えられていたということだろうか。

高村薫「雑木林のなかへ」『三鷹ゆかりの文学者たち』（財）三鷹市芸術文化振興財団

山田詠美（一九五九～）は大学時代に住んでいた吉祥寺に戻りそこに約二〇年間住んでいる。小説『無銭優雅』の主人公である慈雨は三鷹の実家に住み、吉祥寺で友人と花屋を営み、いる。

西荻窪に恋人がいる。エッセイ集『吉祥寺デイズ』では吉祥寺・三鷹周辺を次のように語っている。

今から、十一年前、私は「無銭優雅」という書き下しの長編小説を上梓しました。これはもちろん私の造語で、お金なんかなくたって人生は楽しめるさ！　という信条を意味しています。（中略）

舞台は、中央線の西荻窪から吉祥寺、そして三鷹に至るエリア。このあたりをよく知る方々であれば、この題名に深く頷いてくれるのではないでしょうか。目まぐるしい流行や他人に見せつけるための見栄とは無縁の優雅さがあるよね、あの辺は、と。

「日々は甘くて苦くて無銭《チープ》なのに優雅《シック》」――あとがきに代えて――

太宰治『ヴィヨンの妻』新潮文庫　一九五〇年　「展望」一九四八年三月号
黒井千次『春の道標』P＋D BOOKS 小学館 二〇一七年　新潮社 一九八四年
又吉直樹『火花』文春文庫 二〇一七年　文藝春秋 二〇一五年
津村節子『紅梅』文春文庫 二〇一三年　文藝春秋 二〇一一年
吉村昭『わたしの流儀』新潮文庫 二〇〇一年　新潮社 一九九八年

松本清張「皿倉学説」『偏狂者の系譜』角川文庫所収 二〇〇七年
「別冊文藝春秋」一九六二年一二月号
松本清張『波の塔』新潮文庫（上下）二〇〇九年
「週刊女性自身」一九五九年五月～一九六〇年六月
松本清張『歪んだ複写――税務署殺人事件――』新潮文庫 一九六六年
「小説新潮」一九五九年六月号～一九六〇年一二月号
倉橋由美子『暗い旅』河出文庫 二〇〇八　東都書房 一九六一年
辻井喬『彷徨の季節の中で』中公文庫 二〇〇九年　新潮社 一九六九年
中山可穂『白い薔薇の淵まで』河出文庫 二〇一一年　集英社 二〇〇一年
山田詠美『無線優雅』幻冬舎文庫 二〇〇九年　幻冬舎 二〇〇七年
山田詠美『吉祥寺デイズ』小学館文庫 二〇二一年　小学館 二〇一八年

桐野夏生『抱く女』

一九七二年の吉祥寺

この小説の題名である『抱く女』は、ウーマンリブのスローガンである「抱かれる女から抱く女へ」から導き出された。女性の生きづらさを描いた青春小説であり、その背景は一九七二年の吉祥寺の街である。

作者の桐野夏生（一九五一〜）と同世代の二十歳の三浦直子が主人公。S大に通学している。成蹊大学のこと。西荻窪の酒屋が実家である。友人の宮脇泉は静岡市出身で一浪しているので一つ年上。この二人を中心に当時の風俗や若者文化などを織り交ぜて物語は進む。

一九七二（昭和四七）年九月半ばの或る日、直子は親に授業に出ると嘘をついて吉祥寺の雀荘に行く。

駅前のバス通りを渡って、不二家の横からハモニカ横丁の薄暗い路地に入った。魚屋の店先を擦り抜ける時は、コンバースのバスケットシューズが濡《ぬ》れないように爪先立《つまさきだ》ちで歩かねばならない。始終、ホースで水を撒《ま》いているから、コンクリートの通路が水浸しなのだ。（中略）

魚屋の男が直子に何か叫んでサンマの皿を指差した。あんたのようにイキがいいよ、と言ったように聞こえた。続けて誰かが性的な冗談を言い、男たちがどっと笑った。

顔を背けたまま通り過ぎたのは、死んだ魚の生臭さのせいではない。若い女をからかわずにはおれない男たちが嫌だった。もうここは通るまい、と思う。

直子はスカラ座二階の雀荘に行く。スカラ座は実在した映画館であり、現在の吉祥寺パルコの辺り。吉祥寺パルコは一九八〇年開館である。桐野は中学から吉祥寺に住んでおり、なおかつ成蹊大学出身なので吉祥寺の変遷を体験している。

直子が泉のバイトしているジャズ喫茶に行く場面でも男たちのからかいに遭う。ジャズ喫茶は駅北口東側の大歓楽街にあり、そこは現在のヨドバシカメラの裏、以前は近鉄裏と言われたところ。一九七四年に近鉄百貨店が開業したので、一九七二年当時はなかった。

ハモニカ横丁

そこは男たちが垂れ流すありとあらゆる液体の臭《にお》いが漂っているようで、主婦も学生も滅多に近付かない。

すでに路地の角には呼び込みが立って、道行く男たちを鵜《う》の目鷹《たか》の目で吟味し始めている。直子は路地に入るのを嫌って、中央線沿いに出来た新しい道を、西荻方向に向かって脇目もふらずに歩いた。

「ケツでけえ」

いつの間にか男が二人、聞こえよがしに直子の後ろ姿を評しながら付いて来た。無視して歩き続けたが、下卑た視線がジーンズの尻にへばり付いているようで不快だった。（中略）

「ブスの癖に気取りやがって、返事もしねえって」

素知らぬ顔で歩き続けたが、心中は怒りに震えていた。


桐野は学生の時に駅東側にあるジャズ喫茶でアルバイトをしていた。直子と同様に「全共闘運動の周辺にいる小うるさい女」と見られていたのか。作中の直子は、「リブの女たちも優しくはなかったし、フェアでもなかった」と感じる。リブの女たちが一軒家のコミューンをつくっており、そこに行った直子は、男に公衆便所と言われたと訴えるが、素顔で貧しい恰好をし幼児を抱いたリブグループの若い女から次のように言われる。

「その話、わからなくはないです。あなたのいうことは正しいと思う。でもね、はっきり言うと、あたし、あなたみたいな人を見るとちょっと苛立《いらだ》つんです。だって、どうして口紅塗ってるの。何で、こんなお洒落なミニスカート穿《は》いてるの。ね、それ幾らするの？あなたが自分で買ったの？　それとも親？　彼氏？　余計なことかもしれないけど、何かあなたの恰好って、男に媚《こ》びているように見えるんだけど違いますか？……」

直子の次兄は内ゲバにより死亡する。直子は大学を中退する意思を固め家を出るところで物語は終わる。この小説は閉塞感漂う特に大学周辺のあの時代を四〇年以上経過してから再現している。東大安田講堂事件は一九六九年そして安保闘争は一九七〇年それらの終焉の後、連合赤軍事件が発生してまもなくの当時の状況をよく捉えている。私は高校生だったがこのような時代の雰囲気を覚えている。

ただし、桐野が描きたかったことは、ノスタルジーや記録対象としての一九七二年ではなく、当時の問題が残念ながら今も形を変えて存在していることである。文庫では作家の村田紗耶香が解説を書いているが、この作品を読み終えて直子の姿に過去の自分が重なり興奮で眠れなかったという。村田は一九七九年生まれである。

ところで、宮脇泉のアパートを紹介する場面がある。

宮脇泉のアパートは、三鷹台駅から歩いて五分の高台、高圧線の鉄塔のほぼ真下に建っている。古い上にたった四部屋しかないし、頭上に覆《おお》い被《かぶ》さる高圧線が鬱陶《うっとう》しい。だが、アパートの周囲には樹木や花がたくさん植わっているから、泉は気に入っていると言っていた。

このアパートから泉と直子は吉祥寺のジャズ喫茶まで三〇分歩く。井の頭線の三鷹台駅は、小さな駅にも係わらず現代小説の中では不思議にたびたび描かれている。たとえば、前述した松本清張『球形の荒野』では、久美子が三鷹台駅から徒歩五分の画家・笹島恭三の自宅に向う場面を、「電車を降りて、駅の北側に向かうと少し上り坂になる。この辺は長い塀を回《めぐ》らした家が多かった。まだ、武蔵野そのままの雑木林が、それらの家の背後に聳《そび》えていた。」と描いている。

三鷹台駅北側

近年では、若竹七海（一九六三〜）の葉村晶シリーズ『錆びた滑車』が三鷹台駅周辺を舞台としている。

三鷹台駅近くを流れる神田川に向って、三鷹市側からは牟礼の丘から緩く下り駅を挟んで杉並区側に上る。原宿の表参道さらにパリのシャンゼリゼ通りも同様である。道路の先が立体的に見通せる、俯瞰景《ふかんけい》とは異なった都市景観が魅力である。

駅を挟んだこのような地形の場所は他に思いつかない。平坦な吉祥寺駅周辺の中であえて三鷹台を取り込み奥行きを持たせたと考えることもできるのではないか。

桐野夏生『抱く女』新潮文庫 二〇一八年　新潮社 二〇一五年

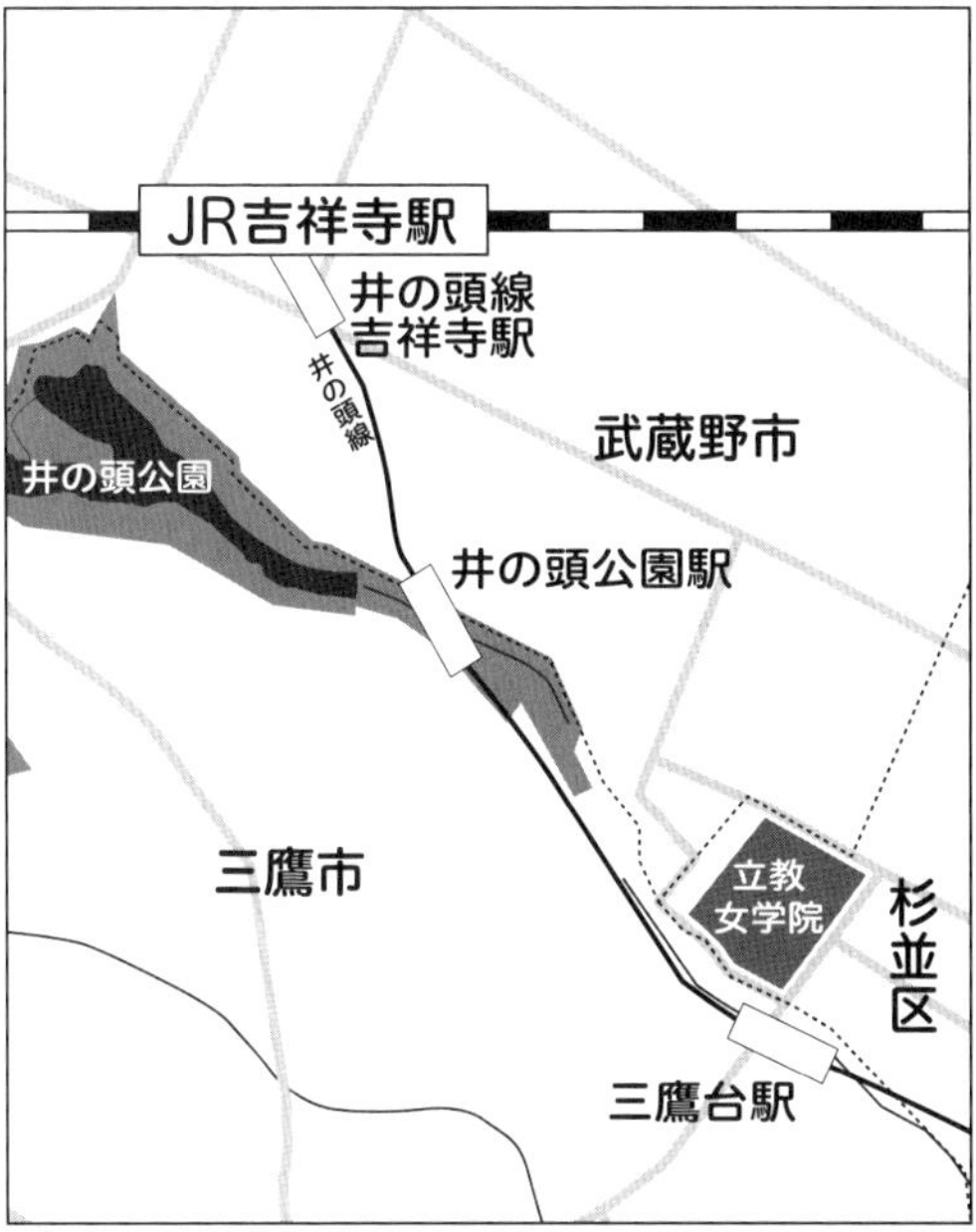

瀬戸内寂聴『場所』

体に伝わる土地の記憶

『場所』は瀬戸内寂聴（一九二二〜二〇二一）がゆかりの場所を訪ね、過去を再考する私小説である。父の故郷に始まり、出家する直前の場所で終わる。全部で一四か所描かれているが、東京都内の七か所は全て実際に住んでいた場所である。

三鷹は瀬戸内が作家を目指して再上京した出発の地である。一九五一（昭和二六）年五月、西荻窪の東京女子大を戦時中のため繰り上げ卒業して以来八年ぶりに中央線で新宿より西に行き三鷹で降りた。この間、結婚し娘を授かりその夫と娘を捨てて単身京都に行き、そして東京に舞い戻った。

三鷹には結婚している女学校の親友がいたので、そこに転がり込んだ。親友宅に長くは居られないので部屋を借りた。

三鷹の南口の一本筋の商店街は、十三分ほども歩くと、旧い街道に突き当る。そこから右へ三、四軒の家を通りすぎると、赤いたばこの旗が軒先に出ている雑貨屋があった。藁《わら》屋根でもおかしくないような旧臭い構えの平屋で、往来に面した店の土間に、こまごました日用雑貨品や、駄菓子や、子供のブリキの玩具《おもちゃ》まで並んでいた。

その店の離れの八畳を借りた。瀬戸内は少女小説を書いて暮らしていたが、妻子のある作家の小田仁二郎が頻繁に訪ねて来るようになると居づらくなり、三鷹の商店街中程にあるラーメン屋二階の六畳を借りる。そこはまもなく追い出され西荻窪に転居するまで三鷹に三年間住んだ。『場所』の取材以前に三鷹の住んでいた辺りを瀬戸内は通りがかったことがある。

三鷹駅北口

出家して十三、四年ほど過ぎた頃、私は仕事で、あの三鷹の下田の下宿の前を通った。車をとめ街道に佇《た》ち、私はあまりのあたりの変貌《へんぼう》に茫然《ぼうぜん》となった。

道はすっかりアスファルトで舗装され、なつかしい欅の大木の並木はほとんど姿を消していた。街道沿いの家々も建ち変り、記憶の中にある判こ屋も、干物屋《ひものや》も精米所も見《みい》出《だ》せなかった。

古い街道は連雀通りであるが、瀬戸内の再訪後に道路は拡幅されまったく当時の面影はなくなっている。駅の北口も変わった。

三鷹駅南口から中央通りを望む

ここも記憶の中の田舎びた風情《ふぜい》はどこにもなかった。ビルが建ち並び、あの頃は、ここまで来ればいかにも武蔵野という雰囲気や空の色や風の匂いがしたことなど、まるで前世の風景のようなおぼろげなものとなってくる。

さらに南口に廻《まわ》る。

昔の木造の駅の改札口から見ると、下田へ曲るT字形の道の涯まで低い屋並の商店街が見渡せたが、今、目の下に広がって延びている商店街の両側には、高層のビルがびっしり建ち並び、昔の町の姿はかけらも残っていなかった。

再訪すると、あの頃子どもだった人が中高年になり元気な姿を見せてくれることもある。だが、景色は激変しているところも多い。どうしてそれらの場所を訪ねるのか。

文中で瀬戸内は、「昔関りのあった場所に行き、昔と今の状態を自分の目で確かめる時、その土地が抱きつづけてきた記憶が、なまなましく顕《た》ち現われて、不思議な力で自分に迫ってくるという現象を、信じるようになった」と記している。

その土地に行くからこそ作者だけの土地の記憶が呼び起こされるのだ。『場所』を書いている瀬戸内は講話やテレビインタビューで見せる快活な彼女ではない。

「四十代の前半あたりから晩年意識がきざしはじめ、いつかそれを心の底に沈殿《ちんでん》させていた。その想《おも》いは真直《まっす》ぐ死への憧憬《しょうけい》に繋《つな》がっていたように思う。」と述べている。二度の自殺未遂も経験した。

ところで、最終章で描かれている出家前に付き合っていた年下で八年前に病死した作家の名は、この小説では明らかにされていないが、瀬戸内は最晩年、井上光晴だと明かした。「男が私の心に蔵した虚無の影に無関心でいられなくなり、私が同じくらいの関心の強さで、賑《にぎ》やかな男に巣喰っている孤独の翳《かげ》りを無視出来なくなったからであった。」という。

瀬戸内はこの作品を七十七歳から七十八歳にかけて書いている。「生涯の終りも近くなった」と書いた作者はそれから二〇年以上も第一線で書き続けた。

瀬戸内寂聴『場所』新潮文庫二〇〇四年　新潮社二〇〇一年

又吉直樹『劇場』　又吉の三鷹

二〇〇〇年代初頭の演劇を目指す若者たちの青春群像を描いた小説。又吉直樹（一九八〇〜）とほぼ同世代の主人公・吉田は、高校卒業後、演劇で生計を立てるために大阪から上京する。作品では三鷹に住んでいるとのみ書かれ場所は明記されない。井の頭公園に行ったり、井の頭公園の外れの神田川源流から久我山稲荷神社まで歩いたりしている。その日常は次のとおり。

毎日、昼過ぎに起きても特にやることがなく、煎餅《せんべい》布団に寝そべったまま天井の木目を飽きるまで眺める。壁が薄い木造アパートでは隣人が流す音楽で眼を覚ますことも多かった。

神田川源流近く

そんな吉田にも大学生の沙希という恋人ができ、劇団も少し注目され出したため稽古日が増えて日雇いの現場に行けなくなり、五万円の家賃（そこから大家は五千円の小遣いをくれるのだが）の支払いが苦しくなって、下北沢の沙希の住むアパートに転がり込む。その後、沙希が卒業し昼は服飾の接客そして夜は居酒屋で働くようになると、吉田は高円寺の風呂なしトイレ共同のアパートに引っ越す。

三鷹は又吉が上京して初めて住んだ場所である。又吉の味わい深いエッセイ集『東京百景』では次のように書かれている。

太宰治旧居跡周辺　左・みたか井心亭

上京して最初に住んだアパートは、後から解ったのだが偶然にも太宰治の住居跡に建ったアパートだった。

そんなことも知らずに、僕は太宰が作品を書いた場所で、太宰の作品を貪《むさぼ》るように読んでいた。今思えば不思議な体験だ。この部屋で太宰の文章を腹に入れたい衝動に駆られ、実際に新潮文庫を破って食べたことがある。


又吉は熱烈な太宰作品の愛読者だが、奇蹟のような偶然があったのだ。また、神田川源流からの歩きに関しては、同じく『東京百景』において、「二十代前半の頃、三鷹台に住んでいたので久我山までよく歩いた。」と書かれている。高円寺のアパート

について も、「共同トイレを掃除するという条件で家賃を五千円引いて貰い、二万五千円のアパートに住んでいた。だが、他人が汚した便所を掃除するのは精神的に苦しかった。」と語っている。仕事が少なく貧しかった頃の作者は頻繁に住むところを変えている。まるで中央線沿線に住む昭和戦前の売れない私小説作家たちのように。

『劇場』はフィクションだが、描かれた場所には又吉の体験が詰まっている。お笑い芸人である又吉は、昭和の香りのする古風な作家でもある。その古風が今は新しく感じられる。個人的には、物語の進行とは直接関連のない次の場面が印象に残った。

一方で沙希も僕が所有しているCDをよく聴くようになった。（中略）夜中に帰宅して沙希が一人でザ・ディランⅡのライブアルバムを聴いていた時は嬉しくて、そこから飲みなおし結局朝になったこともあった。

七〇年代前半に活躍した大塚まさじと永井洋によるフォークデュオ最後のオリジナルアルバムであるライブアルバム『時は過ぎて〜ザ・ディランⅡライブ〜』は一九七五年発売であり、学生時代、私もLPレコードをリアルタイムで購入している。地味なバンドで知る人も少なかったが、その歌声は心に沁みた。その頃生まれていなかった又吉が造形する登場人物たちも好きなことが嬉しかった。

又吉直樹『劇場』新潮文庫 二〇一九年　新潮社 二〇一七年
又吉直樹『東京百景』角川文庫 二〇二〇年　ヨシモトブックス 二〇一三年

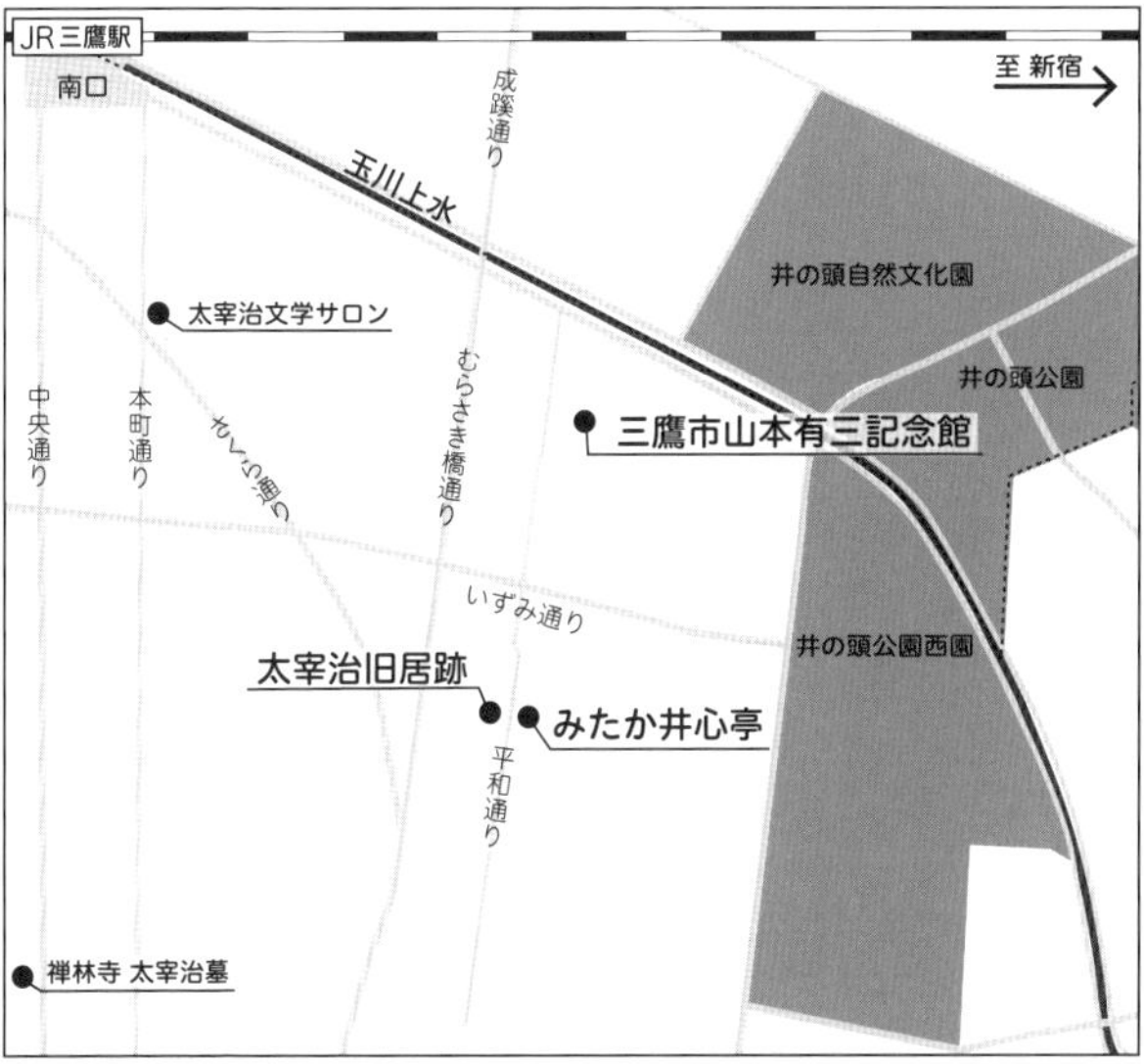

砂川文次『ブラックボックス』　中央線と京王線の間

本書で紹介している小説の中では最も新しく『ブラックボックス』は令和三年下半期芥川賞受賞作である。この不穏な雰囲気の漂う作品の前半は主人公・佐久間亮介（二十八歳）のコロナ禍での自転車便メッセンジャー（ギグワーカー）としての日々を描き、後半は刑務所生活を描いている。

メッセンジャーの仕事は皇居を中心に十キロから十五キロぐらいだが、営業所は新宿にある。三鷹の自宅は次のように紹介されている。

　サクマの家は中央道から少し北に行った三鷹の端っこにある。近くに駅はなく、少し歩いたところに小田急バスの停留所があるくらいで、とにかく交通の便が悪い。だからこそ家賃が安かった。周りは生産緑地が点在していて、古くからある戸建てが多く、高層マンションみたいなものは全然ない。

この小説に限らず他の作家の小説でも三鷹と記されている場所は、三鷹駅周辺ではなく三鷹市内のことを指す場合が多い。中央線と京王線は同じく新宿から八王子までまたは高尾まで路線がある。両線がもっとも離れているのが三鷹と調布の間である。三鷹駅は市内の北の外れにある。また井の頭線の井の頭公園駅と三鷹台駅も市内の北東の外れにある。つまり三鷹市内は最寄り駅までバス便の場所が多い。けれども、直線では新宿に近い。そのため、サクマの家のように都心からの距離に反して家賃の安いところがある。サクマは自転車で新宿まで通勤しているので、三鷹あたりが西の限界になる。

三鷹市内に住んでいる純文学系の有名作家は多い。作家が学生時代によく訪れた又は住んでいた吉祥寺や井の頭公園近くに家族と住む場所を探した結果、家賃や一戸建てなどの販売金額が近隣の杉並区や武蔵野市と比較して安かったことも住む理由のひとつだろう。通勤のない専業作家にとっては駅の近くに住む特段の理由がない。

作者の砂川文次（一九九〇〜）の居住地は公表されていないが、『ブラックボックス』の舞台は三鷹が中心である。

佐久間は大家の広い庭先の「離れ」で円佳《まどか》と同棲している。新宿の営業所から自宅までの自転車による帰路は次のように示されている。

中央道を背にするように右折する。曲る直前、左の方から三鷹駅行の小田急バスが直進してきたので、サクマはその後ろについていくことにした。（中略）

サクマは中央分離帯の方へ緩やかに移動し、顔だけをバスの横から出して前方を見やる。対向車がきていなかったのを認めるとそのまま流れるように横断をして狭い道へ入っていった。戸建てと空き家と緑地が混在するところだ。たまに野菜の自動販売機がＬＥＤのもとに照らされている。

三鷹市新川周辺

住所は明示されていないが三鷹市新川か中原のようだ。円佳は居酒屋のホールスタッフとピザのデリバリーを掛け持ちしていたが、妊娠したことをきっかけに資格が必要な保育士を目指すことにし、まずは実務経験を積むために三鷹駅近くの保育園に勤務することになった。

サクマは高卒後、自衛隊に入隊したが一任期二年で辞めている。作者は大卒後に同じく自衛隊に入隊している。芥川賞受賞時は地方公務員。

サクマは感情にムラがあり、時折、抑えがきかなくなり暴発する。暴発するたびにそのハードルが低くなっている。そのため、仕事が続かず転職を繰り返し将来に不安を抱えている。駅員が乗客から暴力を受ける頻度が増えているなど現実でもさまざまな事件が報道されているが、感情の抑えがきかなくなるところがリアルに表現されている。

メッセンジャーは一生続けられる仕事ではないことはサクマも理解しているが、ペダルを回しているその瞬間は考えなくてもよい。また、自転車便の仕事は業務委託されているメッセンジャーだけではなく正社員も離職率が高い。給料が安く業務量も多いためである。サクマは週に四日勤務にしているが、社員は有給休暇も消化できないなど自由な時間がない。非正規雇用問題だけではなく正社員の現実も自転車便の仕事を通して描いている。

サクマが刑務所に入ることになったのは、長年にわたる税の無申告のため自宅に訪ねてきた税務署員に暴行しなおかつ駆け付けた警官に対しても暴行したためである。

大家からは家賃は円佳ひとり分である半額で良い、出産予定があることも考慮し当面は支払いを憂慮するという非常に寛大な手紙が刑務所に届いた。この手紙には返信したが、円佳から来た手紙は忘れようと決めて返信しない。だが、その手紙は漫画雑誌に挟んでいるところで物語は終わる。サクマは制度化された刑務所内での生活の中で変わりつつあり、ほのかな希望が示されている。


砂川文次『ブラックボックス』講談社 二〇二二年

コラム　村上春樹の都市風景

村上春樹が描く三鷹

村上春樹の作品には地名がよく登場するが、逆にほとんど登場しない作品もある。初期三部作の二作目である『１９７３年のピンボール』はごくわずかの地名しか示されていない。僕と僕の友人が渋谷近くで翻訳を専門としている事務所を開いている。僕の住んでいる場所は明らかにされていない。仕事を終えて電車を一時間程乗り、駅前のスーパーマーケットで夕食の買物をしてバスに乗って双子が待つアパートに帰る場面が描かれている。日曜日の朝、目を覚ました時、両脇に双子の女の子がいたのだ。

「僕たちは三人でコーヒーを飲んだり、ロスト・ボールを捜しながらゴルフ・コースを夕方散歩したり、ベッドでふざけあったりして毎日を送っていた。」が、このゴルフ・コースは国際基督教大学（ＩＣＵ）ゴルフ場をモデルとしている。

なだらかな起伏を越え、十二番ホールを越え、休憩用のあずまやを越え、林を抜け、僕は歩いた。西の端に広がった林のすきまから芝生に夕陽がこぼれていた。（中略）そして小川にかかった小さな木の橋をわたり、丘を上ったところで双子をみつけた。双子は丘の反対側の斜面につけられた露店のエスカレーターの中段あたりに並んで座り、バックギャモンで遊んでいた。

野川公園は一九八〇年開園。この地は一九六四年からＩＣＵゴルフ場であった。露店のエスカレーターも実在していた。一九七四年より東京都が公園造成のために買収した。今も公園にはゴルフ場の名残りがある。また、一時間歩いて植物園に行く場面がある。この植物園は三鷹市近隣の神代植物公園（調布市）だろう。一九六一年に開園している。

野川公園　東八道路南側

初期三部作の三作目『羊をめぐる冒険』では国際基督教大学が明示される。

その年の秋から翌年の春にかけて、週に一度、火曜日の夜に彼女は三鷹のはずれにある僕のアパートを訪れるようになった。彼女は僕の作る簡単な夕食を食べ、灰皿をいっぱいにし、FENのロック番組を大音量で聴きながらセックスをした。水曜日の朝に目覚めると雑木林を散歩しながらICUのキャンパスまで歩き、食堂に寄って昼食を食べた。そして午後にはラウンジで薄いコーヒーを飲み、天気が良ければキャンパスの芝生に寝転んで空を見上げた。

一九七〇年から七一年にかけてのこと。僕は大学生の二十一歳で彼女は三歳年下。別の場面では、ICUのラウンジのテレビには「三島由紀夫の姿が何度も何度も繰り返し映し出されていた。」という。三島が自衛隊市ヶ谷駐屯地内で割腹自殺をした日を明示している。小説はフィクションだが、春樹はこの頃、三鷹に住んでいた。エッセイ集『村上朝日堂』では三鷹時代を次のように語っている。

今度の住居は三鷹のアパートである。ごみごみとしたところにはもううんざりしたので、郊外に移ることにしたのだ。

六畳台所つきで七千五百円（安いなあ）、二階角部屋でまわりは全部原っぱらだから実に日あたりが良い。駅まで遠いことが難といえば難だけど、なにしろ空気はきれいだし、少し足をのばせば武蔵野の雑木林がまだ自然のままに残っているし、すごくハッピーだった。

村上は一九六九（昭和四四）年から一九七一（昭和四六）年まで二年間三鷹に暮らしたが、学生結婚して文京区千石の妻の実家に転居した。この初期小説二作が描いた三鷹は実際に村上春樹が住んでいた頃の三鷹である。ただし、この三鷹は三鷹駅周辺ではなく三鷹市大沢周辺のこと。中央線では、バス便だが武蔵境駅がもっとも近い。

なお、中央線沿線に土地勘があることにも起因していると思うが、春樹の多くの小説に中央線沿線の町がたびたび登場する。村上春樹最大のベストセラーである『ノルウェイの森』にも吉祥寺や井の頭公園そして国分寺が重要な舞台として描かれている。

人工の風景と喪失した風景

村上春樹作品には文学技法以外にも論じる対象となるさまざまなキーワードがある。料理や音楽もよく論じられている。重要であるにもかかわらず意外に注目度の低いのが春樹の描く都市風景のように思える。村上春樹・吉本由美・都築響一の共著による旅行記『東京するめクラブ地球のはぐれ方』には、春樹の都市に対する視点が表れている。特に「魔都、名古屋に挑む」では春樹の都市論が展開されている。名古屋の街について次のように語る。

僕は街をあてもなくぶらぶらと歩きまわるのが好きなので、いつものようにホテルのまわりをとことこと歩いてみたんだけど、あまりにもつまらないので、途中で歩くのをあきらめてしまった。真っ平らだし、横断歩道を渡るのにも疲れるし。そういうところってアメリカの中西部の都市によく似ている。アメリカ中西部の都市というのはどんなところか？　これが退屈なところなんだ、実に。いくつかの街を回ると、どれがどれだったか、ぜんぜん思い出せなくなってしまう。

さらにこの書の座談会では、村上は名古屋を「旅情性を拒否した街」と表現し、それは日本においては貴重だと述べている。東京は歴史性や地理的な連続性もありそれらが絡みついている都市だが、名古屋は希薄である。札幌も同様にきれいに区画整理されているが、荒野的必然性みたいなものが感じられるという。

特に村上春樹らしいなと思ったのは、「名古屋の道路で僕がいちばん気に入ったのは、道路のグリーンベルトに雑草がやたら生えていたこと。」というところ。人工都市の中のはみだした自然への愛着が興味深い。

ところで、村上春樹は高校卒業まで海と山が身近にある阪神間で育っている。阪神大震災（一九九五年一月一七日）から約二年四カ月後の一九九七（平成九）年五月に、ひとりで西宮から神戸まで歩いた。雑誌等に掲載の予定がなく自分のために書いた文章「神戸を歩く」は、後日自身の単著である『辺境・近況』の中に収めた。この文章は重い。

村上は京都に生まれたがすぐに西宮市に移りその後芦屋市に転居している。高校は神戸市で遊び場所は神戸の三宮辺りであった。実家は大震災で居住不能となり京都に引っ越した。「神戸を歩く」では、阪神西宮駅で下車しそこから歩く。至る所に大震災の爪痕がある。ただ、その傷痕だけではない。以前住んでいた西宮市夙川《しゅくがわ》近くを通ると、あたりの景色は変わり果てていた。

堤防を上ると、かつてはすぐ目の前に海が広がっていた。なにひとつ遮るものもなく。僕は子供の頃、夏になれば毎日のようにそこで泳いでいた。海も好きだったし、泳ぐのも好きだった。(中略)

でも今は、そこにはもう海はない。人々は山を切り崩し、その大量の土をトラックやベルトコンベアで海辺まで運び、そこを埋めた。山と海が近接した阪神間は、そのような土木作業には実に理想的な場所だ。山が切り崩されたあとにはこぎれいな住宅が建ち並び、埋め立てられた海にもやはりこぎれいな住宅が建ち並んだ。

そして次のように思う。

僕は今、神奈川県の海岸の町に家を持って、東京とこの町を行き来して暮らしているのだが、この海岸の町は僕に——それは残念といえば、とても残念なことなのだが——今では故郷よりも強く故郷を思い出させてくれる。そこにはまだ泳げる海岸があり、緑の山がある。僕はそういうものを、僕なりに護っていきたいと思っている。過ぎ去ってしまった風景は、もう二度とはもとに戻らないのだから。人の手によっていったん解き放たれた暴力装置は、決して遡行はしないのだから。

街並みが変わってもその下の地形は不変のはずだが、地形すらも改変させられてしまったのだ。村上春樹の喪失体験は全共闘世代の喪失として語られることが多いが、この文章からは、故郷の喪失そしてより広く都市の原風景の喪失体験でもあることが良く分かる。

村上春樹『１９７３年のピンボール』講談社文庫 二〇〇四年　講談社 一九八〇年
村上春樹『羊をめぐる冒険』講談社文庫（上）（下）二〇〇四年　講談社 一九八二年
村上春樹『村上朝日堂』新潮文庫 一九八七年　若林出版企画 一九八四年
村上春樹・吉本由美・都築響一『東京するめクラブ　地球のはぐれ方』文春文庫 二〇〇八年
文藝春秋 二〇〇四年
村上春樹『辺境・近境』新潮文庫 二〇〇〇年　新潮社 一九九八年

6

武蔵小金井・国分寺の文学風景

浴恩館（小金井市文化財センター）

武蔵小金井・国分寺周辺を描いた作品

国分寺駅は甲武鉄道開通時の開業だが、武蔵小金井駅は、小金井駅が既に栃木県内の駅名に使用されていたため、駅名に武蔵を付け一九二六（大正一五）年に開業した。東小金井駅は一九六四（昭和三九）年、西国分寺駅は一九七三（昭和四八）年と、中央線ではこの二駅のみ戦後の開業であり、郊外の私鉄沿線に近い雰囲気がある。

上林暁『聖ヨハネ病院にて』

武蔵小金井駅の北側は概ね平坦だが、南側は野川に向って下降しており、その地形の違いが文学作品にも影響している。

南側を描いた作品は多く後述するが、近年の小説では山崎ナオコーラ（一九七八～）の『リボンの男』が専業主夫と三歳の息子による野川を巡る物語である。埼玉県出身の山崎は東京に憧れを抱いていた。しかし、東京の西郊である野川の近くに住み、この土地が好きになってきたという。

北側を描いた作品では小金井桜の名所を夏に歩く国木田独歩『武蔵野』が広く知られているが、戦後まもなくの作品に目を転じると、上林暁（一九〇二～一九八〇）の代表作『聖ヨハネ病院にて』が挙げられる。
阿佐ヶ谷在住の私小説作家・上林は、精神疾患のある妻を終戦直後の一九四五(昭和二〇)年九月より聖ヨハネ病院に転院させた。妻は衰弱し眼も見えなくなったため病院に寝泊りして看護した。昼に一旦帰宅し、夜に病院に戻る生活を続けた。

夜歩きに青年服に雨外套では、雨が降らなくとも、膚寒いこの頃である。夜風に首を縮めながら、電車の間遠な省線駅の歩廊に、長い間待ち呆けている自分を見出すこともある。暗くて誰一人通る者もない野中の往還を、病院指して急いでいると、行手を阻むように、野川が氾濫して、往還の一ところを始終水浸しにしている。そこに来合わすと、僕は下駄と足袋を脱ぎ、ズボンを擦り上げて、脛近い水をザブザブと渡る。病院が見えるところまで帰って来ると、僕は荷物を地面に置いて、煙草を一服つけて、気持を落ち着かせる。

「野川が氾濫して」の野川は川名の野川ではなく、野の川の意味であり、武蔵小金井駅(作品では駅名は記されていない)から病院に向かうところなので、仙川を指していると思われる。主人公はこのような毎日を送るが、ある日、病院でミサを見学し、「如何なる基督教徒よりも基督教徒的でありたい」と願うようになる。

その後一一月に多磨村（現・府中市）の宇田病院（作品では多摩川に近い病院とのみ記している）に再転院するところで物語は終わっている。困難を極める状況の中で清冽な空気が漂う作品である。上林の妻は転院した翌年五月に宇田病院で死去した。

下村湖人『次郎物語』

『次郎物語』は児童文学と思っていたが、その第五部は戦前の青年団講習所である実在の「浴恩館」を私塾に変えた物語であることを後年知った。

下村湖人（一八八四〜一九五五）は、一九三三（昭和八）年から講習内容への軍部の干渉により辞任する三七（昭和一二）年まで大日本連合青年団講習所長を務めていた。

玉川上水近くの浴恩館（小金井）を友愛塾（板橋区）に下村を朝倉先生に、下村の助手の五百蔵辛碌《いおろいしんろく》を次郎として第五部は構想された。

朝倉先生は、そのあと、計画中の青年塾について、あらましつぎのようなことを二人に話した。

場所は東京の郊外で、東上《とうじょう》線の下赤塚《しもあかつか》駅から徒歩十分内外の、赤松《あかまつ》と櫟《くぬぎ》の森にかこまれた閑静《かんせい》なところである。敷地《しきち》は約五千坪《つぼ》、そのうち半分は、すぐにでも菜園につかえる。

第五部は事実に近い内容なので軍部の圧力が非常にリアルに描かれている。だが、なぜ舞台を小金井から板橋に変えたのかは不明である。ノンフィクション作品ではなく小説であることを明示するために、妻が亡くなり墓所のある板橋区下赤塚に舞台を移したと考えることもできるだろう。

城山三郎『毎日が日曜日』

国分寺駅は武蔵小金井駅からわずか一駅だが、特別快速が止まり私鉄とのターミナル駅でもあり少し空気感が違う。

城山三郎（一九二七〜二〇〇七）の『毎日が日曜日』は、オイルショック直後の大企業で働く人々を描いたロングセラー小説である。作品名が流行語にもなった。

主人公である単身赴任している総合商社の京都支店長・沖直之の自宅は国分寺にある。国分寺駅から徒歩圏内らしい。「国分寺にある敷地四十坪に建坪二十三坪のわが家。武蔵野のただ中なので、冷えこみもきびしい。」と説明している。

名古屋市出身の城山は一橋大学卒業後はほとんど東京に住むことはなかった。そのため主人公の住いを城山のよく知る国分寺にしたのかもしれない。本書のあとがきには新聞連載するに当って記した「作者の言葉」が一部転載されている。まるで今日のことを書いているようだ。

余暇社会の入り口までできて、にわかに崩壊しはじめた経済。形こそちがえ、いまの世相には、第二の戦争末期といった感じがある。前途は暗く、混乱はひろがり、生きがいは見つからない。

村上春樹の国分寺

国分寺を描いたエッセイで著名なのは、椎名誠（一九四四〜）の出世作である『さらば国分寺書店のオババ』だろう。椎名には従来のしみじみとした味わいのエッセイに対する反発があり、それを一九七〇年代後半の国分寺の町を描くことにより果たしている。

椎名が国分寺駅経由で銀座八丁目にある会社まで毎日通勤していた頃、村上春樹は国分寺でジャズ喫茶「ピーター・キャット」を一九七四年に開店し、一九七七年に店を千駄ヶ谷に移転するまで国分寺で働きそして暮らした。その間の事情を『村上朝日堂』で次のように書いている。

いつまでも居候をしているわけにもいかないので、女房の実家を出て、国分寺に引越した。どうして国分寺かというと、そこでジャズ喫茶を開こうと決心したからである。（中略）資金のことを言うと、僕と女房と二人でアルバイトをして貯《た》めた金が二百五十万、あとの二百五十万は両方の親から借りた。昭和四十九年のことである。その当時の国分寺では五百万あればわりに良い場所で二十坪くらいの広さの、結構感じの良い店を作ることができた。

このエッセイでは国分寺を選んだ理由は書かれていない。店舗の賃貸料はより西の駅の方が安い。また都心からの距離が同じなら一般的には私鉄沿線の方が安いはずである。

私の推測だが、高円寺や吉祥寺と並び三寺と呼ばれていたこともある国分寺にはジャズ喫茶のニーズがあると思ったのではないだろうか。ニーズのある場所の中では比較的安かったということではないかと思われる。村上の店が移転した年に、シンガー・ソングライターの中山ラビは村上の店があった場所のすぐ近くに喫茶店「ほんやら洞」を開店している。

上林暁『聖ヨハネ病院にて』講談社文芸文庫 二〇一〇年 「人間」一九四六年五月号

下村湖人『次郎物語（五）』岩波文庫 二〇二〇年 小山書店 一九五四年

城山三郎『毎日が日曜日』新潮文庫 一九七九年 新潮社 一九七六年

村上春樹「国分寺の巻」『村上朝日堂』新潮文庫 一九八七年 若林出版企画 一九八四年

大岡昇平『武蔵野夫人』

虚構と自然

『武蔵野夫人』は一九五〇（昭和二五）年の刊行時にベストセラーとなり、現在まで続くロングセラーでもある。大岡昇平（一九〇九〜一九八八）のもっとも著名な小説である。刊行時は姦通《かんつう》小説（不倫小説）として話題になり、その後は、武蔵野の自然を描いた小説として読まれている。

この小説は一九四七（昭和二二）年六月から一一月頃までを描いている。物語は、旗本の家に生まれた元鉄道省事務官の宮地新三郎が約三〇年前に湧水を含む窪地一帯の約千坪をただに近い値段で購入した土地の紹介から始まる。宮地は仕事の関係で駅が設置され値上がりすることを知っていた。宮地は一九四六年に亡くなり、道子の兄二人が亡くなったため、一人娘の道子（二十九歳）と夫の秋山忠雄（四十一歳）の夫婦がそこに住んでいる。他に道子の従弟の大野英治（四十歳）と妻の富子（三十歳）そして道子の従弟の復員兵である勉（二十四歳）が主な登場人物である。道子と勉との恋愛関係を軸に物語は展開する。

『武蔵野夫人』は構成がしっかりした社会小説の側面もあり、多くの研究者が様々に解釈し分析している。ここではあまり論じられていない事項を中心に見ていきたい。

秋山夫婦の家は中央線国分寺駅と武蔵小金井駅の中間、野川の近くに設定されている。モデルは大岡の友人の富永家であるが登場人物はフィクション。富永家は逆方向の武蔵小金井と武蔵境の間の武蔵小金井寄りである。大岡は渋谷の大向小学校で富永の一学年上だった。その後、大岡は、成城学園中学四年に編入し同級生として富永次郎と再会する。富永家は一九二六（大正一五）年に小金井に転居している。

生活苦のため、家族の疎開先である兵庫県明石市からの上京を計画していた大岡に対し、富永次郎が部屋を提供した。一九四八年一月三〇日から一一月一八日まで寄寓《きぐう》している。

この小説は当時の小金井周辺の風景を忠実に描いている。ただし、重要な場面で事実と異なるところもある。勉が歩く次の場面も事実ではない。

道は多摩河原から砂利を運ぶ軽便鉄道の土手の下をくぐると、初めて斜面に追従することをやめ、この辺で急に狭くなった野川の流域の湿地を渡って、右の方の陽《ひ》にあぶられた草原に進み入る。（中略）

出征する前「はけ」を訪れて歩いた時、この辺は一帯の雑木林で楢《なら》やヌルデが美しく紅葉していた。その中へどこまでも入って行くと、舟で涯《はて》しない沖へ出るような感覚を味わったのを勉は憶《おぼ》えている。林は戦争中の薪《たきぎ》の不足と、附近に飛行場を新設する用材として切り払われたのである。

「はけの道」から多摩川線（旧・是政線）と野川公園方面を望む

現在の野川公園北側だが、執筆当時、大岡はその場所に足を踏み入れていない。その間の事情と「沖へ出るような感覚」について晩年、大岡は次のように語っている。

東側の方、その後、国際基督教大学、ゴルフ場、野川公園と移行した方は、もと中島飛行機工場の敷地で、接収されていた。錆びたトラクターが放置されていたりした。

（中略）

是政線の東の疎林深く入って、海の沖に出る感覚を味わったのは、六十年前の大正十五年、富永家がここに引っ越し、泊まりに来たころのことだった、と思い出した。

そのころ私は十七歳、わが青春は「野川」と共にあったのだ。

『湧水ふたたび　――「野川」を遡る――』「東京新聞」一九八八年七月二〇日夕刊

『大岡昇平全集 21』筑摩書房　一九九六年

雑木林は枝切りをしているので、明るく光が乱反射していた。

次に勉と道子が野川の水源を目指して歩き、水源を見つけた場面を見てみよう。

線路の土手へ登ると向う側には意外に広い窪地《くぼち》が横たわり、水田が発達していた。右側を一つの支線の土手に限られた下は萱《かや》や葦《あし》の密生した湿地で、水が大きな池を湛《たた》えて溢《あふ》れ、吸いこまれるように土管に向って動いていた。これが水源であった。

土手を斜めに切った小径を降りて二人は池の傍に立った。水田で稲の苗床をいじっていた一人の中年の百姓は、明らかな疑惑と反感を見せて二人を見た。

「ここはなんてところですか」と勉は訊《き》いた。

「恋ヶ窪さ」と相手はぶっきら棒に答えた。

国分寺駅に近い恋ヶ窪の水源は日立製作所中央研究所の敷地内にある。一九四二年より日立の所有であり、大岡はその場所を訪れていない。さらに、池は一九五四年から一九五八年までの間に湿地帯を改造して作られており、小説刊行時は存在していない。

このような虚構の事項と詳細に描かれた武蔵野の風景や地形とを織り交ぜることにより、時を経ても古びることのない唯一無二の武蔵野を描いた小説となった。

大岡昇平『武蔵野夫人』新潮文庫 一九五三年 講談社 一九五〇年

コラム　大岡昇平の地形と湧水

近年、「ブラタモリ」（テレビ番組）の人気に代表されるように、都市における地形への関心が高まっている。それは変わる街並みに対する変わらない地形としての関心でもある。都市の記憶は地形にあるとも言えよう。ただし、村上春樹の喪失体験のように地形すら変わってしまうこともあるけれども。

『武蔵野夫人』をはじめ大岡昇平のいくつかの小説は自然描写に留まらず、「地形描写の文学」とも呼ぶべきものである。だが、大岡が描いた当時は、小説における地形描写はあまり関心を呼ばなかったようである。なぜ、繰り返し地形を書くのか。次のように述べている。

これはロマネスクな感興を中断するから、小説家として、あまり利巧な方法ではないのだが、どうやらこれは私の偏執になっているらしいのである。（中略）

どうしてこんな男になってしまったのか。この前の戦争では、私はフィリピンの敗けいくさの中で、ジャングルに一人きりになった。自然だけが友になるような経験をしたせいかな、と考えてみた。或いは育ったのが、渋谷という複雑な地形の土地だったため、もともと地形に注意する傾向があったのか、と考えてみた。
それとも私の内部には、なにか不安があり、唯一つたしかなものとして、土地に固執するのか。その成立ちが知りたいのか。

『地形について』「図書」一九七二年一月号 岩波書店
『大岡昇平全集 21』筑摩書房 一九九六年

自身でも明確には分からない様々な要因があるようだ。大岡の地形描写では川や湧水の描写が特に印象深い。『武蔵野夫人』では、野川に流れている貫井《ぬくい》神社と思われる神社の水が湧水だけではないことを発見する場面がある。

溝は明らかに線路向うの玉川上水《じょうすい》につながっており、すなわち野川に不自然に豊かな水量の印象を与える過剰の水が、結局多摩の本流の水であることを意味する。

玉川上水の分水が野川に流れていたことは事実だが、分水は主に農業用水であり貫井神社に流れることはなかった。そのため、

貫井神社

大岡は小説内ではあえて神社名を伏せたのだろう。物語の流れから外れておりしかも事実ではないことをなぜあえて書いたのか。初めて読んだ時はわからなかった。

その後、大岡の自伝的作品である『幼年』と『少年』を読んだ時にその謎が解けたように思った。大岡は幼少年期を渋谷で暮らし大向小学校（現在の東急本店の場所）と青山学院中学部に通学している。渋谷周辺を四回転居しているが、松濤周辺に長く住んだ。父が相場師のため浮き沈みが激しく転居を繰り返した。

『少年』によると、松濤の自宅近くに鍋島公園の池を水源とする小さな川があったが、公園の上で玉川上水の分水である三田用水からも水を引いていた。周辺の水車と田圃が廃された後も湧水のある公園の水をいつもきれいにするためと鍋島邸内の菜園のために引き続き三田用水から水を取り続けていたという。神社に玉川上水の分水の水が流れていたとする『武蔵野夫人』の描写に照応する。

この二作の自伝的な小説の中では極めて詳細に渋谷周辺の町を略図を含め描いている。それは大岡の類まれな記憶力と共に繰り返し幼少年時代を思い返している証左でもある。その時代は楽しかったことだけではない。『幼年』では仕事が不安定な父が子供をなぶりものにして憂さを晴らしていたことが具体的に描かれている。そのつらく悲しい体験はいつまでも大岡の記憶から離れなかった。現在では精神的な児童虐待になると思われる。そのような日々もあったが、『少年』で描かれている松濤での暮しは豊かで比較的安定していた。

なお、これらの小説は自伝文学の新たな方向性を示した革新的な作品である。大岡は『少年』の文中で「私はいわゆる「自叙伝」が、少年の感情生活ばかり書いて、知識を獲得して行く過程を書かないのは間違いだと思っている。少年にとって、隣の女の子の微笑とか、貧乏になったもとの遊び友達とかは、感情的に重要な存在であるが、それにもまして、学校の課程で習得した知識は、少年の精神形成に参与しているはずである。」と述べている。大正デモクラシーの影響化にあった学校教育の実態を描いている貴重な記録でもある。

野川（成城近く）

野川も玉川上水と同様に大岡と縁が深い。大岡は一九二五（大正一四）年に成城学園中学四年に編入し高等学校卒業まで通学した。入学当時は小田急線は未開通であり、京王電鉄烏山駅（現・千歳烏山）からスクールバスで通っていた。成城の住宅地は開発途中であった。成城は野川と仙川に囲まれた台地上の町であり、小金井に寄寓する以前から大岡は野川に親しんでいた。

このように河岸段丘と湧水や小さな川は、大岡文学の原点である。

大岡昇平『少年――ある自伝の試み――』筑摩書房 一九七五年 『大岡昇平全集11』一九九四年

長野まゆみ『野川』

小金井の崖地と残丘

『武蔵野夫人』の地形描写の系譜に列なる現代の代表的な作品は長野まゆみの『野川』だろう。長野まゆみはファンタジー作家として著名だが、この小説は野川周辺をその歴史を含め忠実に描いている。

都心の学校から中学二年の二学期よりK市の市立中学に転校してきた井上音羽《おとわ》が主人公。父は事業に失敗して離婚し、音羽と二人でK市に暮らすことになった。ここでの暮しの中で父も音羽も再生していく物語。

野川を紹介する場面では、「川にかかる小さな橋のたもとに、一級河川《かせん》の標識が立っている。野川の名がある。橋の長さは十メートルにも足りないほどで、ひくい土手をおりたところには草むした川の洲が続く。純粋な川幅は二メートルもない」と野の川の意味ではなく川名としての「野川」であることを強調している。

一方、K市、S山、東京G大学とアルファベットで表現している場所はそれぞれ小金井市、浅間山《せんげんやま》そして東京外国語大学を指す。『武蔵野夫人』が野川のみならず、狭山丘陵や目黒川まで含み、その範囲は広いのに対し、この作品は小金井周辺の野川に限定している。

地形描写は、『武蔵野夫人』が地の文が主であるのに対し、『野川』では音羽の担任である国語教師の河井の言葉である。

「この学校は武蔵野台地とよばれる河岸段丘《かがんだんきゅう》の南斜面に建っている。段丘というのは、たいてい一段で終わることはなく、ひろい地域のなかに何段か、かたちをとどめているものだ。武蔵野台地の面は、おおざっぱに云えば上から三段目で、東京湾にむかって傾斜しながら上野の山で終わる。そこが東の端《はし》だ。(中略)門から校舎までの坂道は舗装《ほそう》をせず、昔の切り通しの姿をとどめている。……」

野川(武蔵野公園近く)

野川周辺を忠実に描いていると記したが、この中学はフィクションであり学校名が明示されていない。野川の近くには作者の通った小金井市立二中がある。だが、二中は「ハケの道」の南に面し平地にある。作品では「学校は、崖地の中腹にいだかれている」と書かれている。

近隣では東京経済大学(国分寺市)が国分寺崖線(はけ)を敷地に取り込んでいるが、校舎は崖線の上にあり中腹ではない。

崖線の地形が読者により身近に感じられるように架空の中学を崖線の中腹に設定したのではないだろうか。なお、『武蔵野夫人』では国分寺崖線の地域名称である「はけ」を使用していたが、『野川』では崖地とのみ記している。野川以外の地名を抽象化することにより、読者の自由な想像を促しているようにも思える。

この作品ではS山が地域の象徴的な場所になっている。音羽は新聞部に入部したが、そこでは伝書鳩の通信訓練をしており、S山が放鳩《ほうきゅう》地《ち》になっている。河井は音羽にS山の説明をする。

「……武蔵野台地を太古の多摩川がけずって、この崖下の低地ができたのは三万年くらい前といわれている。そのさい、どうしたかげんか、あのS山がのこされた。だから、S山と学校が建っている崖地はもともとおなじ平面にあったんだよ。……」

国分寺崖線の上から浅間山と多摩丘陵を望む

見られる場所は限られるが、実際に国分寺崖線の上から浅間山とその先の多摩丘陵を眺めると、この土地の成立ちを感じて感慨深い。地域固有の魅力的な景観である。浅間山のような削り残った小高い丘は「残丘」と呼ばれる。中央線と京王線の間

浅間山公園

にある浅間山は都立浅間山公園（府中市）として保全が図られている。

長野は音羽と同様に区内から小金井市に転居した。保育園と小中学校が同じだった詩人の田野倉康一の詩集に寄せて次のように一九七〇年前後の湧水が豊富だった頃の光景を語っている。

崖地の地肌がむきだしだったころ、子どもでさえも関東ローム層とその下の礫層の色のちがいに気づいた。どちらも水が浸透しやすく、地下水は崖の下部ほど豊富だ。したがって坂ののぼり口では、どこからでも水が噴き出した。シャベルで少し掘るだけで、小さな噴水をつくることができた。その噴水に虹が宿るのを目にすれば、もう有頂天だ。田野倉くんとは、こうした昔話をくりかえして、原風景のおさらいをしている。

長野まゆみ「野川のほとりにて」『田野倉康一詩集』所収 現代詩文庫 二〇一六年

長野まゆみ『野川』河出文庫 二〇一四年 河出書房新社 二〇一〇年

コラム　黒井千次の郊外

黒井千次（一九三二〜）は東京大学経済学部卒業後、富士重工業に勤務し一九七〇年三月に退職し作家専業となるまで、会社勤務をしながら小説の執筆を続けていた。現代日本文学史上では「内向の世代」を代表する作家と位置付けられている。会社員小説やメーデー事件のその後を描いた小説でも知られているが、作家自身が年を重ねると共に小説の主人公も年を重ね、『高く手を振る日』では七十代の男女の純愛を描いて話題となった。

多様な黒井作品の中でも特筆すべきなのは、『眼の中の町』（一九七五年）から最新作の『枝の家』（二〇二二年）まで実に半世紀近く書き続けて来た小金井市を中心とする東京の西の郊外の変遷を市井の人々の日常から描いた小説群である。このように長く特定の地域の移り変わりを小説の主なテーマとしてきた作家を他に知らない。

黒井は多くのエッセイも表している。特に中央線沿線は特別な場所であるとして次のように書いている。

東京とはどのような場所か、と問われたときにまず頭に浮かぶのは、高層ビル群でもなければ東京タワーでもない。（中略）自分にとっての東京は、JR中央線なのである。子供のころは省線電車であり、やがて国電に変わり、今はJRと呼ばれる線路を東西の軸にして東京は形成されている。理由は簡単だ。自分が杉並の高円寺に生まれ、大久保で幼年から少年にかけての日々を送り、敗戦後は中央線に沿って西へ引っ越したり、東へ移ったりを繰り返しながら大人になったせいだろう。

黒井千次「あの街とこの街」『散歩の一日』講談社 二〇一一年

小金井市名誉市民でもある黒井は長年、小金井に住んでいるが、その遥か前の昭和一〇年代中頃には小金井を訪れていた。職業軍人であった母方の祖父が退役して小金井に住んだ。大久保から中央線に乗って武蔵小金井駅近くの叔父や叔母や従姉妹達も住むその家を訪ねるのは何よりの楽しみだった。

降りる駅に着いて一歩改札口を出ると、そこはもう自分の住んでいる場所とは別天地だった。踏切りを渡り、短かい商店街から折れた後は、一面の桑畑と雑木林である。その間を縫う土の細い道を辿り、檜葉の垣根の切れ目から裏庭にはいって台所に顔を出す。がっしりした門のある表から廻るより、そちらのルートの方がずっと近道だったからだ。

朝は早く起き、欅の大木のある近くの農家に豚を眺めに行ったり、道沿いの疎水に笹船

武蔵小金井駅南口広場周辺

を流したり、庭の藤棚の下で姉妹のままごと遊びの相手をする。（中略）道はゆるやかにくだって小川を渡る。そこから少し登りかけた斜面に、低い生垣に囲まれた白い壁の住いが蹲っている。庭には芝生が拡がり、その種の家屋には必ずといってよいほど洋風の応接間が設けられていた。

——それが、僕にとっての郊外地の原風景なのである。

「郊外史のすすめ」『散歩の一日』

その原風景は高度経済成長期以降、急速に変わり変質していく。

　郊外という表現には、都心の雑踏を脱け出した伸びやかな田園の匂いが溢れている。郊外もまた都心との関係に根ざした呼称ではあろうけれど、少なくともそれには中心部にのみ注目する姿勢とは別の、自立した土地の価値を認めようとする響きがこもっているように思われる。

　櫟《くぬぎ》林の向うに沈む夕陽の美しい、「散歩する人は、道に迷うことを苦にしてはならない」とかつて国木田独歩《くにきだどっぽ》が書いた細い道の自在に通ずる武蔵野には、独自の佇《たたず》いと豊かな情感が漂っている。いや、漂っていた、といわねばならない。
というのは、困ったことに、郊外特有のそれらの景観が今はほとんど失われてしまったからである。

黒井千次「都心と郊外」『老いのつぶやき』河出書房新社　二〇一二年

だが、黒井は小説において、あからさまな過去追慕や現状批判をしていない。それは黒井も武蔵野の自然を改変して新たに住んだ住民の一員であることを自覚しているからであり、そのため、小説という形式では繊細で微妙な心情を描くことに専念している。
黒井作品は武蔵野の土地から触発されて書かれている。そのイメージが次のように鮮烈である限り、これからも日常の亀裂から生まれる豊穣を描き続けるだろう。

昔の記憶と訪れた先の現在の光景を二つ並べて前に置いてみると、記憶は曖昧で覚束ないところが多いのに対し、現在の光景は誰とも共有出来る確かさを持っている。記憶はきわめて個人的なものであり、思い込みや勘違いを含めて、あまり確かなものとはいえない。
にもかかわらずか、その故にというべきか、自分にとっての土地のイメージは、記憶の内にしまわれているものの方が、目の前に今あるものより遥かに鮮かであり、確かであり、貴重である、と思われてならない。

黒井千次「あとがき」『漂う　古い土地　新しい場所』毎日新聞社　二〇一三年

高村薫『我らが少女A』　野川公園と平成の風景

高村薫（一九五三〜）の愛読者にはお馴染みの合田雄一郎シリーズ、七年ぶりの第六作目。今回の合田は五十七歳となり第一線を退き警察大学校教授となっている。池袋の殺人事件の被害者が一二年前の未解決殺人事件の犯人である疑いが濃くなり、再捜査を進めるという内容だが、謎解きではなく人々の様々な生活の有り様を描くことに主眼を置いた作品となっている。

『我らが少女A』は「毎日新聞」朝刊に二〇一七（平成二九）年八月一日から二〇一八（平成三〇）年七月三一日まで、「新聞小説」として連載した作品をまとめたもの。全国紙の連載にも係わらず、具体的な地域名を細かく特定している。

一二年前の事件現場は野川公園の柳橋付近の岸辺。被害者は近所に住む元美術教師の女性（六十七歳）。柳橋は野川にかかる実在する橋だが、公園内の橋であるため近所の住民でも橋名を知る人は少ないと思われる。

自然が豊かな公園と一般化できない野川公園固有の魅力が強調されている。

ひとたび公園に眼を移せば、昔と同じ武蔵野の雑木林と昔のゴルフ場の名残の芝生が、雨の膜に押し包まれて色を失い、低い空の下に横たわる。桜や紅葉の時期でない限り、平日の雨の日、あるいは厳冬期の早朝には、都心の公園とは違う廃園の静けさがある。そして、それはそれでうつくしく、最低気温が零度を下回る冬日の朝などは、野川とその近くの湧水地から湧き出す霧とともに夜明けを迎え、樹影や築山の稜線や東屋などのかすかな墨色の濃淡が薄明るい霧のなかに浮かび上がってくる。

また、野川公園近隣の住宅地の特徴を次のように書いている。

早春のそこには、見渡す限り黒々と起こされた黒ぼく土の畑地と、新芽にはまだ遠い灰白色の雑木林と、人影のない戸建て住宅の混じり合う平坦な風景が広がる。高度成長期から半世紀、武蔵野の人も暮らしもずいぶん都市化したが、なかにはちょっとした交通の便の悪さや、市街化を阻む種々の事情でそれほど宅地開発が進まなかった地域もある。そこはそういう地域の一つで、人も家も高齢化したかつての新興住宅地では、昼間もほとんど生活の物音はない。

東八道路から八王子方面を望む
（左右は野川公園）

この住宅地は中央線では東小金井駅が最寄り駅である。小説では主に西武多摩川線の多磨駅や新小金井駅周辺を指している。合田が勤務する多磨駅近くの警察大学校の敷地は、戦前は調布基地であり戦後は米軍に接収され関東村住宅地区となっていたが、一九七四年に国に返還された。そのため、東京外国語大学や榊原記念病院と同様に警察大学校も関東村跡地に移転した。

この辺りには、歴史的な経緯があり大規模な公園や墓地あるいは飛行場や運転免許試験場などの広大な人の住めない空間がある。その近隣の事件の関係場所である小金井市東町は、「刑事の眼には畑のなかにぽつぽつと戸建て住宅やハイツが建ち始めた七〇年代の、妙に明るい郊外というのにも少し足りない平板な生活風景があるだけ」と映る。

高村は野川公園に接する国際基督教大学出身であり土地勘がある。この辺りは変化の少ない独特の雰囲気があるという。平成の市井の人々の暮らしの風景を描く舞台として高村はこの場所を選んだ。

高村薫『我らが少女A』毎日新聞出版 二〇一九年

『武蔵野夫人』・『野川』・『我らが少女 A』関連図

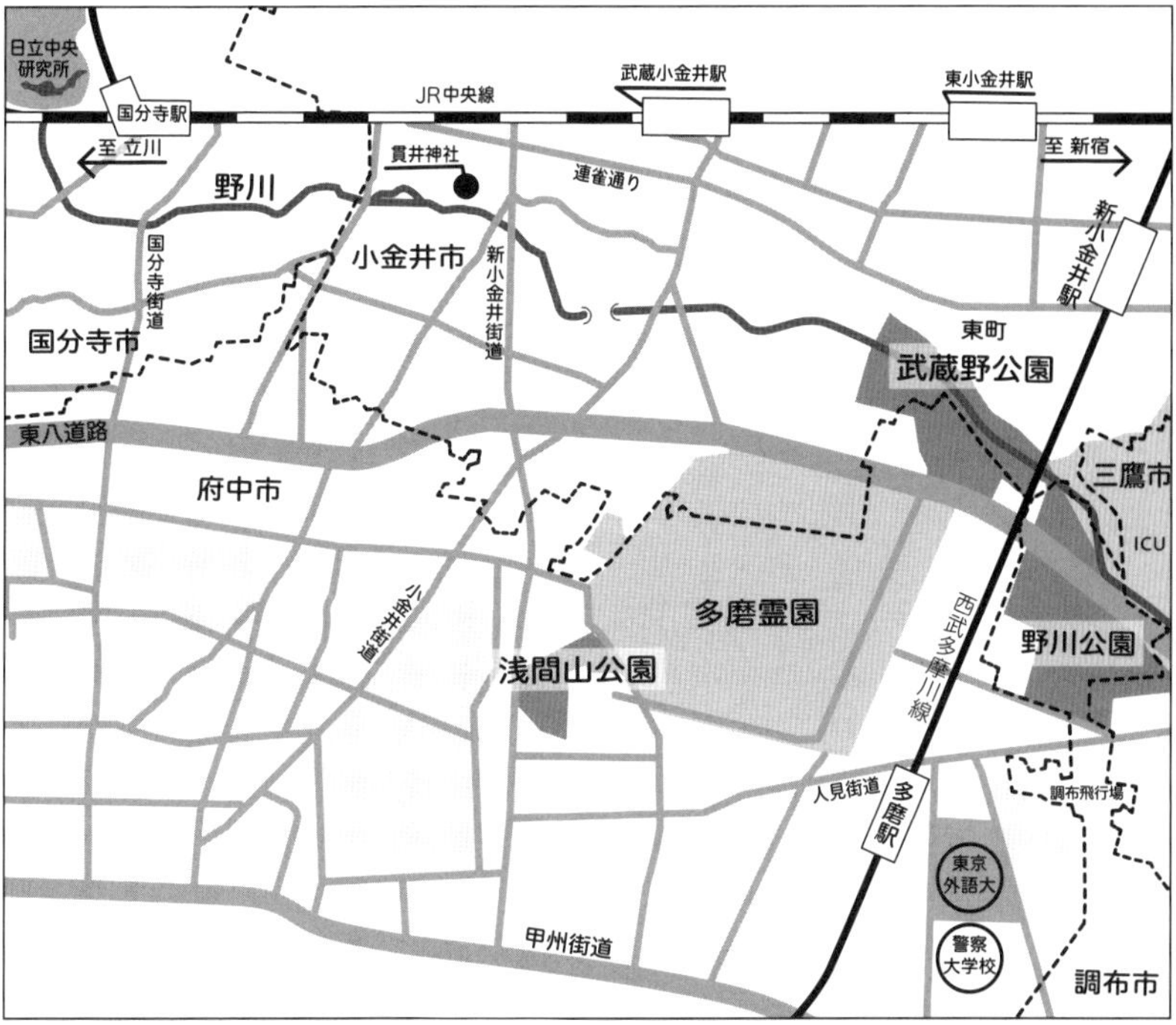

佐藤泰志『黄金の服』

国分寺の三角地帯

佐藤泰志（一九四九〜一九九〇）の名を私が知ったのは二〇一四年。自死したのが一九九〇（平成二）年なので、亡くなってから約四分の一世紀後ということになる。しかも数々の映画賞を受賞しキネマ旬報ベストテン一位に輝いた映画『そこのみにて光輝く』の原作者として知ったのだ。映画も原作も函館が舞台のため、国分寺に長く住み国分寺周辺を描いた作家とはその時点では知らなかった。

たぶん、現在の佐藤作品の読者は、私のように映画を機に小説に触れた人も多いのではないだろうか。芥川賞に五回ノミネートされ三島賞や野間文芸新人賞の候補にもなったが、いずれも受賞には至らなかった。生前に三冊の単行本を刊行し亡くなった次の年に新たに三冊刊行したが、まもなく絶版となり、一冊も文庫に収められることはなかった。二〇〇七年に『佐藤泰志作品集』が刊行され、二〇一〇年以降次々と作品が映画化されて一気に認知度が高まり、全ての単行本が文庫化された。

人気の復活というよりは新たな人気といった方が正確だろう。主要作品の大半は鬱屈した閉塞感漂う青春小説であるがその中に一筋の光がある。高度経済成長が終わり比較的穏やかな時代からバブルの頃まで作品が発表されていた。その後、失われた三〇年を経て現在は、佐藤が生きていた頃とは比べるまでもなく格差が拡大し若者の多くが未来への希望を持ちづらくなっている。そのような状況が佐藤作品の人気に繋がっているように思える。

佐藤の描く町の大半は架空の町であっても函館と国分寺周辺である。初めて大手出版社の文芸雑誌に掲載され後に単行本の表題となった『移動動物園』は国分寺駅の隣駅である恋ヶ窪駅（西武国分寺線）近くが舞台であり、初めての芥川賞候補作である『きみの鳥はうたえる』は国立《くにたち》が主要な舞台である。ただしこの小説では、一橋大学を国立の商業大学とし、国立《くにたち》の大学通りを単に大学通りとして国立《くにたち》の地名は記していない。

四回目の芥川賞候補作である『黄金の服』は国分寺から立川までを舞台としている。佐藤作品は私小説ではないが、ゆかりの場所が舞台となり、友人や知人が姿を変えて登場する。この小説の主人公である作家志望の関口義男（二十四歳）は商業系国立大学の生活協同組合の書籍売場で働いている。恋人のような微妙な関係のアキ（二十六歳）は同じ生協の生活用品売場で働いている。友人の道雄（二十歳）と慎《まこと》（二十一歳）はその大学の学生。アキは離婚してから精神を病んでいる。清潔恐怖症であり精神安定剤を常用している。酒と薬を同時に飲むとおかしくなる。アキの病状は作者の病状でもある。

作者は実際に一九七七年九月から一時期、一橋大学生協で調理員のアルバイトをしていた。その頃の体験を「草の響き」では、「学生食堂では僕はまるっきりネズミみたいなのだ、てんてこまいで、休み時間には脱水状態の半病人みたいにくたくたになる」と書いている。長女が誕生した前後だが、佐藤は実際に一橋大生と知り合って学生寮に集っている。

この小説では、国分寺や国立の地名は登場しない。猥雑な街として立川のみ明記される。しかし、立川駅からタクシーに乗る場面では、思わせぶりな書き方をしている。

乗りこむと、アキがここからふたつめの駅の名前をいった。運転手は黙って車をだした。道雄と慎の大学はちょうど、その中間にあった。僕はアキにまかせっぱなしにしておいた。目的の駅まで行くと、急な坂道を降りた。

アキの実家は立川から二つ目なので、西国分寺駅になるが、駅からの急な坂道は国分寺駅南口である。さらにその中間の駅は国立駅のはずである。別の場面では、「駅がその突き当りに見えた。銀杏や桜の並木が雑踏の上に影を投げていた」と国立大学通りの情景を描いている。一方、次のようにも表現している。

バスに乗って道雄の大学のある駅で降りた。商店街と飲み屋街を歩き、陸橋に出、そこから駅と電車を眺めた。光をまともに受けて、びっしりと隙間なく建っているバーやキャバレーの裏壁が、線路脇の土手に沿って駅まで続いている。

突然、フィクションの町になっている。ただ、歴史的に見れば、国立の西隣にある立川市の羽衣商店街周辺は、今はまったくその名残りはないが、一九四四（昭和一九）年から戦後にかけて赤線街だったという。佐藤がその歴史を知りこのように書いたとは思えないが、パチンコ店もない文教地区である国立の町に対する佐藤らしい批評なのかもしれない。

ところで、主人公はキャベツ畑に囲まれた家の離れに住んでいる。そこからバスで国立と思われる駅まで行く。佐藤は学生時代、中野で後に妻となる人と同棲し、次の年に恋ヶ窪駅近くの離れの借家に転居している。佐藤は一九七二年から亡くなるまで、八王子市に住んだ時と函館に帰郷していた時を除き、併せて一三年以上、国分寺市内に住んでいた。八王子の都営長房団地に住んだのは抽選に外れて国分寺市周辺の都営住宅に入れなかったためのようである。

中野に比較して家賃が安いので広い部屋に住めることが理由ではあるが、なぜ国分寺なのだろう。佐藤が国分寺や国立の町について直接言及している文章はないが、自宅の位置について述べているエッセイがある。

国分寺市日吉町周辺

今住んでいる所からは、バスで国立市に出ることもできるし、歩いて西国分寺に出ることもできる。西武線を使って国分寺へ行くこともできる。つまり中央線の三つの駅のちょうど三角地帯の中央のような所に住んでいるわけで、便利なような不便なような、といったところだ。

「迷いは禁物」『光る道　佐藤泰志拾遺』月曜社　二〇二一年

初出『日刊アルバイトニュース』の「News Plaza」（一九八四年五月二三日〜一九八五年七月二日）

佐藤は国分寺市内の六か所に住んだ。もっとも長く住んだのが、一九八四年から亡くなるまで住んだ日吉町三丁目の今はない二軒長屋である。二軒長屋を含めその大半は三角地帯である。明確な理由は不明であるが、一九七〇年代の「三寺文化」の町であることも関係しているのかもしれない。

佐藤泰志『黄金の服』小学館文庫　二〇一一年　河出書房新社　一九八九年

佐藤泰志「草の響き」『きみの鳥にうたえる』河出文庫　二〇一一年　河出書房新社　一九八二年

7

国立・立川の文学風景

国立《くにたち》の大学通り

国立《くにたち》・立川周辺を描いた作品

立川駅は甲武鉄道開通時の開業だが、国立《くにたち》駅は一九二六（大正一五）年に民間企業である箱根土地が建設して鉄道省に寄附した請願駅として開業した。

嵐山光三郎『夕焼け学校』『夕焼けの町』

嵐山光三郎（一九四二〜）は、小学校二年の時に国立《くにたち》の町に転居し、国立《くにたち》学園小学校そして桐朋中学、高校と国立市（当時は町）内の私立学校で学んだ。

『夕焼け学校』は一九五四（昭和二九）年、主人公の祐太が中学一年の時、そして『夕焼けの町』は祐太が高校二年の時を描いている。どちらも自伝的な作品であるが、『夕焼け学校』では小説の冒頭にモデルとなった友人のその後を記している。さらに、『夕焼けの町』の「あとがき」には、「ぼくが通った夕焼け学校は、桐朋高校というのが正式な名で、イカ、デンスケ、ダイテンといった教師たちはみな定年退職となった。……」と学校名を明記し作品中にあだなで呼ばれている教師が実在していると書いている。

ただし、これらの作品はエンタメ小説なので、実在の嵐山の父は朝日新聞記者であるが、小説では朝日発明学会勤務とされているなど基本的な事柄を少し変えている。

作品からは自然は豊かだが荒っぽい時代の雰囲気が感じられる。国立の町は詳細に描かれている。雨が降ると町は一変する。

台風が来ると国立《くにたち》の大学通りは水びたしとなった。大学通りは、国立駅から谷保へむかう直線の大通りで、国立駅から三百メートルほど歩くと、一橋大学がある。一橋大学を過ぎてしばらく進むと、右側に木造の夕焼け中学校があった。道幅が二十メートルある大通りで両側に桜といちょうの並木があり、道は舗装されていなかった。その広い大学通りが泥の川となった。

『夕焼け学校』

ところで嵐山は国立の町に転居したと記したが、正確には西府村への転居である。一九五四年四月一日に西府村が多磨村と共に府中町と合併し府中市が誕生したが、同年一二月に、プレスタウンを中心とした府中市北山地区の一部は住民投票の結果、国立町に編入した。当時の事情をプレスタウン住民であった嵐山は、エッセイで次のように多少デフォルメして書いている。

日本新聞協会が持っていた湿地を造成して、新聞社員用の住宅を建てた。
電気は通じていたが水道がなく、プレスタウンというカタカナのついた貧民地であった。
母ヨシ子さんは、赤ん坊だった下の弟を背中におぶって、バケツを二つ持ち、百メートルさきの井戸まで水を汲みにいった。三歳の弟もついてきた。(中略)プレスタウンに水道が通じたのは昭和四十(一九六五)年で、ブリキ屋根の風呂場を作って、丸い風呂桶が入った。裏山からマツボックリを大量に拾ってきて火種とした。

そのころの住所は府中市であったが、(中略)、国立町に編入した。府中市ならば、水道はもっと早く入ったし、下水もできたのに、貧乏人の意地を通した。

「駅舎めでたし花の町」『生きる』

プレスタウンの住民にとって、駅を含め国立の町が日常生活圏であった。それにしてもプレスタウンのネーミングからは想像できない住宅環境である。

小島信夫『各務原《かかみがはら》・名古屋《なごや》・国立《くにたち》』

三つの地名が表題となっている連作小説集であり、各々別の作品でもある。小島信夫(一九一五〜)は一九六二(昭和三七)年より亡くなるまで国分寺市だが国立駅北口から徒歩五〜六分程の高台に住んでいた。小島の作品は基本的に変形私小説である。

作者は作品内で、「コジマさんが書いている『国立』は、国立における、あるいは国立にかかわる、コジマさんの生き方と意見というようなものである、というふうにも今、思うようになった。」と述べている。そこに、記憶障害の妻と〈ツカレのノブサ〉が住んでいる。ある時、小島の家は安部公房の家に繋がっていると気づく。

東に見える丘は、南へ続いて甲州街道をわたってさらに南へと続くと、仙川という京王線の駅があり、安部公房の家があった。安部の家も崖の上にあるので、もしそのあたりから崖に乗ったまま西北の方にしんぼう強く歩いてきて（そのとき、やはり甲州街道をわたることになるが）中央線をわたって間もなく、先月号から口にしはじめたコジマ・ノブさの家に出合うことになるであろう。（中略）いずれにしても、仙川方面から横に歩くことができたとしてもその坂に達するまでに「たまらん坂」というのがある。

独特の表現で国分寺崖線を辿っている。

南木佳士と赤川次郎

国立市内の高校出身の著名な作家としては国立高校の芥川賞作家・南木佳士（一九五一〜）と桐朋高校のミステリー小説で広く知られている赤川次郎（一九四八〜）が想起される。

南木は中学二年の春に、祖母と姉と暮らした嬬恋村から、父と継母のいる保谷市（現・西東京市）の社宅に転居した。一浪して秋田大学医学部に入学するまでの六年間のみの東京暮らしだった。南木の世代から東京に学校群制度が導入された。久しぶりに国立を歩いた時のエッセイでは、次のように語っている。

学校群には合格したが、希望した立川高校ではなく、国立高校に回された。学校の下調べなんてしなかったから、入学式のときはじめて歩いた国立の街は整然と区画された美しい学園都市で、なんだか身にそぐわない場所に来てしまったような落ち着かなさを覚えた。

（中略）

改修中の国立駅から学校まで十五分ほど歩いたが、あのころ、これほど桜が見事だったとの記憶はない。むしろ秋に銀杏の黄葉が音もなくいっせいに散ってゆく様に息をのみ、立ちつくしてしまったことのほうが印象に残っている。目には見えないものに木も、この身も支配されているのだとの事実を眼前に見せつけられると、いっさいの思考が停止した。

南木佳士「国立の桜」『生きているかい？』文春文庫 二〇一四年 文藝春秋 二〇一一年

南木は小説「落葉小僧」でも桜並木ではなくイチョウ並木の大学通りを描いている。このような国立を南木は後に、「国立は私の作家としての故郷である」と書いている。

赤川次郎（一九四八〜）は中野から中学時より国立まで通学していた。初期のベストセラー『死者の学園祭』は国立が舞台である。ところで赤川の父は満州映画協会理事長・甘粕正彦の側近だった。戦後は東映そしてNET（テレビ朝日の前身）に勤めるが、赤川が高校二年の時に上司と喧嘩して会社を退職したという。

僕の通っていた桐朋は受験校だったし、高校の同期の中で就職したのは僕だけでした。（中略）でも学生時代から自分は自分だという考えがあったので、自分一人だけが就職することに関してコンプレックスはありませんでした。

赤川次郎『本は楽しい　僕の自伝的読書ノート』岩波書店　一九九八年

赤川の小説は父不在と言われるが、その要因は家に父がいなかったことにあるようだ。

長嶋有『サイドカーに犬』

長嶋有（一九七二〜）は、夏休みに北海道から父が暮らす国立《くにたち》に遊びに行っていた。『サイドカーに犬』はフィクションだが、長嶋の国立での思い出が詰まっている。

小説では大人の女性になった薫が、母が家出し父の恋人・洋子さんと暮らした小学四年の夏休みを思い出す。その頃、国立駅北口そばのアパートで暮らしていた。

洋子さんは夜の散歩の途中、突然、「ねえ薫、山口百恵の家、みに行こうよ」という。

山口百恵の家まではまだまだ歩くと洋子さんはいった。少し不安になった。一橋大学通り沿いの商店街はもちろんどの店もシャッターを下ろしていた。洋子さんは手を振って歩いた。手を振って歩く大人なんて、洋子さん以外にみたことがなかった。

この作品は二〇〇七年に竹内結子主演で映画化された。国立駅舎が駅舎として映っているおそらく最後の映画作品だろう。（現在の旧駅舎は「まちの魅力発信拠点」として二〇二〇年に再築・復原されたもの）

東川篤哉『謎解きはディナーのあとで』

ユーモアミステリーとして驚異的な販売数を誇る作品。国立《くにたち》署の刑事である宝生麗子は世界的な大企業『宝生グループ』のお嬢様で国立市内に住む。大邸宅のある高級住宅地として国立を設定したことは絶妙な匙加減だと思う。

高級住宅地そのものではユーモアミステリーの場所としてふさわしくない。国立の大学通りの緑地帯は他に例のない美しさであり、大学を中心とした学園都市であることは事実だが、郊外の高級住宅地でも都心のターミナル駅からの距離や時間による影響がある。例えば、国立と同時期に開発した学園都市である成城学園は新宿駅から成城学園前駅までは一一・六キロメートルと吉祥寺駅よりも新宿に近い。田園調布は都心にもっと近い。国立駅は新宿から二四・二キロメートルある。それは地価にも反映され、だからこそ国立には普通の町の良さがある。つまりこのような微妙な立ち位置の町なので、東川篤哉（一九六八〜）のユーモアミステリーの舞台として最適だった。作品では国立市と南武線との関係を次のように書いている。

国立はお洒落で清潔感溢れる街並みを誇り、中央線沿線都市の中でも一目《いちもく》置かれる存在であるが、市役所などの公共機関は実は南武線沿いにある。だから南武線沿線都市ともいえるわけだが、そう呼ばれることを国立市民はたぶん喜ばない。

「殺人現場では靴をお脱ぎください」『謎解きはディナーのあとで』

このような国立ネタを挟みながら事件を解決していく。実は、国立市は立川警察署の管轄区域なので国立署はない。

村上春樹『スプートニクの恋人』

ぼくとすみれと既婚の女性であるミューの三人を中心とした物語。舞台は中央線沿線の町とギリシャ。ぼく（二十四歳）は小学校教師で国立《くにたち》のアパートに住んでいる。大学通り以外の国立の町のなかの固有名詞は登場しない。例えば次のような表現である。

大学通りを肩を並べて駅の方に向かって歩き、途中でなじみの喫茶店に入ってコーヒーを飲んだ。すみれは例によってコーヒーと一緒にモンブランを注文した。四月も終わりに近い、よく晴れた日曜日の夕方だった。クロッカスやチューリップの花が花屋の店先に並んでいた。

立川は、ぼくのガールフレンドの息子でぼくの教え子が立川駅近くのスーパーマーケットで万引きをし、そのため警備員の中年の男と対峙する場所である。警備員からは先生という仕事はうらやましい。頑張って勉強して先生になればよかったなどとねちねちと言われる。立川は現実社会の厳しさを具現する場所として描かれている。

三浦朱門『武蔵野インディアン』

三浦朱門（一九二六〜二〇一七）は都立立川高校の前身である府立第二中学に通っていたので、多摩で代々暮らす人々の生活を身近に見てきた。『武蔵野インディアン』は立川を中心とする多摩に暮らす人々を描いた連作小説である。

作者を思わせる主人公の久男が旧制中学同級生で今は砂川市長（砂川村は一九六三年に立川市に編入しているので架空の市）の村野から次のように言われる場面は書名の由来でもあり印象に残る。

「お前たちは、御維新後、都になった東京にやってきた東京白人よ。おれたちは原住民武蔵野インディアンよ」

久男が通った旧制中学の生徒は、「東京のホワイトカラーの子弟三分の一、土着の地主層の子弟三分の一、自営の商工業者の子弟三分の一といった見当の集団であった」という。地主層の生活も戦後の農地改革の中で大きく変わって行く。しかしその一方、営々と続いて行く暮しもあることがこの作品からは伺える。

嵐山光三郎『夕焼け学校』集英社 一九九〇年
嵐山光三郎『夕焼けの町』集英社 一九九三年
嵐山光三郎『生きる』新講社 二〇二〇年
小島信夫『各務原・名古屋・国立』講談社文芸文庫 二〇二三年　講談社 二〇〇二年
長嶋有「サイドカーに犬」『猛スピードで母は』所収 文春文庫 二〇〇五年　文藝春秋社 二〇〇二年
東川篤哉『謎解きはディナーのあとで』小学館文庫 二〇一二年　小学館 二〇一〇年
村上春樹『スプートニクの恋人』講談社文庫 二〇〇一年　講談社 一九九九年
三浦朱門『武蔵野インディアン』P＋D BOOKS 小学館 二〇二二年　河出書房新社 一九八二年

黒井千次『たまらん坂』

坂という聖地

「多摩蘭坂」という坂の名を知ったのはRCサクセションのアルバム『BLUE』(一九八一年)を聞いた時だ。その時は、なんとなく架空の坂名のような気がした。

その後、国立から国分寺にかかる坂だと知ったが、たまたま別の調べ物をしていて、市民による地域紙「むさしの」(一九五三年四月特別号)に「漢字でかくと多摩蘭坂となり、なかなかよい名前です」と記されているのを見つけ、ずいぶん前からこの当て字が使われていたことを知った。

黒井千次の「たまらん坂」は多摩地域の地名にまつわる七作の短編小説集『たまらん坂　武蔵野短編集』の表題作であり冒頭の作品である。

「たまらん坂」を登り切った辺りに住む学生時代の友人である飯沼要助の話を私が聞くという物語。ある日要助は、駐車場看板が「たまらん坂」とひらがな表示になっていることに気づき、

たまらん坂（国分寺から国立方向を望む）
1970年頃　提供：くにたち郷土文化館

たまらん坂標柱
(1995 年 国立市教育委員会設置)

「堪らん坂」ではなかったのかと思うようになる。

そんな時に高校生の一人息子が、買ってきたＬＰレコードに針を落した。「多摩蘭坂」の曲が聞こえてきた。

「おい、今なんて言った。」

要助は突然横の息子の肩を掴んで揺すり上げた。

「なにが。」

「忘れたことがあって、その次はなんと言った。」

「多摩蘭坂を登り切る……。」

「多摩蘭坂と言ったのか。」

「だって、『多摩蘭坂』という曲だもの。」

そして次のように思う。

息子の方により近い歳頃の若者が、あの坂の歌を作っているのが理由もわからずに嬉しかった。あれほど率直に、窓から見える月が君の口に似ているからキスしてくれ、などと到底自分では歌えはしなかったが、若い日々に特有の切実で甘美な味わいは、時の距《へだた》りを置いて触れるとまた別の感傷を生むものでもあるらしかった。

要助は清志郎に好感を持った。息子から、清志郎か誰かが雑誌に、一人の落武者がこの坂を登って逃げながら、たまらん、たまらん、て言ったのでそういう名前がついたようだという不確かな話を聞く。

その一言がきっかけとなり「たまらん坂」の由来を調べることに夢中になっていく。私と要助の年齢は記されていないが雑誌発表時の黒井と同じ五十歳ぐらいだろう。要助は自分を「際立った落伍者とも敗残者とも感じているのではなかったが、晴れがましく勝利した者でないことだけは明らかだった。」と認識しており、中年を過ぎつつある要助の焦燥が坂名の由来に拘《こだわ》る理由になっている。

黒井千次の武蔵野を描いた優れた作品は数多くある。また忌野清志郎にもたくさんの名曲がある。その中で、「たまらん坂」と「多摩蘭坂」が特によく知られているのは実在する坂の名だからではないだろうか。

坂は歩いて昇り降りすると少しずつ高低の景色が変わり非日常の感覚が味わえる。文中ではこの坂を次のように表現している。要助は国立駅が最寄り駅である。

南口に降り、駅前広場のロータリーを迂回して、一橋大学や国立高校、桐朋学園などのある広々とした大学通りを右手に残し、要助は斜め左に延びる旭通りへとはいって行く。(中略)「多摩蘭坂」の特徴は、助走するかのようなこの平坦路から坂を登り詰める頂きまでが一直線に見渡せることだろう。ああ、坂がある、とそれを眼に収めながら一歩一歩近づいて行く。

黒井千次『たまらん坂　武蔵野短編集』
講談社文芸文庫 二〇〇八年　福武書店 一九八八年

「たまらん坂」は、大正末期に国立《くにたち》に学園都市を建設する際に国分寺崖線を切り開いて造られた。当時、電化は国分寺駅までで、国立駅は電化されず本数も少なかったので、国分寺駅から学生たちは「たまらん、たまらん」と言って歩いたのが坂名の由来として今日では定説となっている。

この坂の途中には「たまらん坂」の標柱が建てられた。清志郎がこの辺りに住んでいた頃の、そしてファンが落書きをした石垣は既になくなっているが、今でも清志郎の聖地として命日には標柱の横に多くの人が献花をしている。

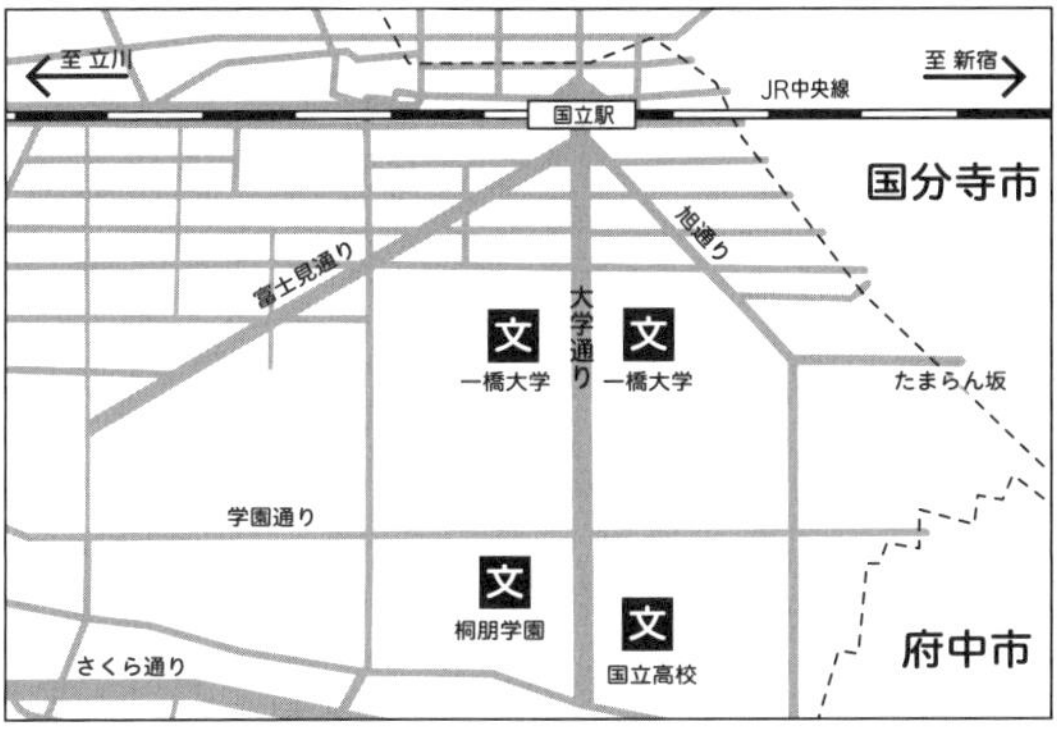

山口瞳『居酒屋兆治』

国立《くにたち》の下町

山口瞳（一九二六～一九九五）の代表作である『居酒屋兆治』は、他の山口作品と同様、主要な登場人物の多くは実在の人をモデルとしている。だが、この物語はフィクションの要素がやや強い。

モツ焼き居酒屋『兆治』のモデルは、国立駅から直線で約二キロ南の谷保《やほ》駅（南武線）近くにあった『文蔵』であると山口が繰り返しエッセイに書いている。

『兆治』の主である藤野英治は電機工場の組長だったが、一九七四（昭和四九）年、突然、人員整理担当として総務部の課長に抜擢された。三百人の社員を二百人に減らすという。オイル・ショックの時だった。自分にはとてもできないとすぐに会社を辞めて、後に『兆治』を始めた。藤野の初恋のその後とこの店に集う人々の人間模様を描いた物語。

この店は小学校の同級生のうち、十五、六人が店の客になっている。客全体の半数は小学校の先輩、後輩である。藤野の年齢は明記されていないが、文中では昭和二四年に中学一年だったと述べているので、物語では四十三歳前後だろう。

谷保駅は急行の止まらない私鉄の駅そして一橋大学は国立《こくりつ》の経済大学と変えているが、この変更は小説であることを示す山口作品の約束事である。『兆治』に集う地元の人々は、タクシー運転手や材木店の社長あるいは精肉店の自営など職住近接である。登場人物たちは私鉄の駅周辺と国電の駅周辺をよく行き来している。鉄道路線が違っていても近いのでどちらも生活圏である。

国立は中央線沿線では唯一、大正末期に民間による大規模な街づくりを行っている。山口の自宅もその開発地の一画である。だが、その一方、国立の南部地域に代々住んでいる人々もいる。会社員小説で直木賞を受賞し作家生活に入った山口は、その後、都心に通う会社員ではなく国立の地元に暮らす市井の人々を描き続けた。

また、この作品では国立市民には知られているが、他の作家が描かない場所を紹介している。

谷保駅北口ロータリー

兆治や岩下の通っていた小学校の近くに、城山と呼ばれる岡があった。そこは、小さな城址《じょうし》であって、岡の上に十六代目か十七代目の当主が住んでいる。そのために自然が保護されていた。林があり、濠《ほり》があり、古井戸があり、湿地帯があり、小川が流れていた。

城山《じょうやま》は三田氏館跡として東京都旧跡に指定されており、周辺は東京都歴史環境保全地域として保全されている。谷保《やぼ》天満宮と共に国立の南部を象徴する場所である。

なお、店からも近い天満宮の梅林に藤野が日課の散歩に行く次の場面では、都心育ちの山口の実感が見て取れる。

> 駅を左に折れる。踏切を渡る。突き当りに天満宮がある。めったなことにはお詣《まい》りをしない。天満宮の裏が梅林になっている。（中略）
> 梅林の奥に立つ。そこから下が切りたった崖《がけ》になっていて、そこが武蔵野台地の端であることがわかる。紅梅は赤くなっているが、まだ匂わない。
> 晴れた日であるならば富士山が見える。それが兆治の楽しみになっている。富士山だけでなく、丹沢の山々が見える。驚くほど近くに鮮明に山が見える。そのときに、山の近くに住んでいることに気づかされるのである。

町役場の火の見櫓から南武線と城山を望む
（1959 年頃）　提供：くにたち郷土文化館

この散歩コースは、実在した『文蔵』から谷保天満宮へのコースそのものである。けれども、多摩地域に長く住む者は梅林の奥から「驚くほど近くに鮮明に山が見える」とは感じないだろう。また、富士山もなぜか富士見通り（国立市）から見るものより小さい。

山口は戦前、「山の手」の麻布に住んでおり私立麻布中学に通っていた。多摩地域に初めて住んだので、山が大きく見えたのではないのだろうか。

山口瞳『居酒屋兆治』P＋D BOOKS 二〇一五年
新潮社 一九八六年

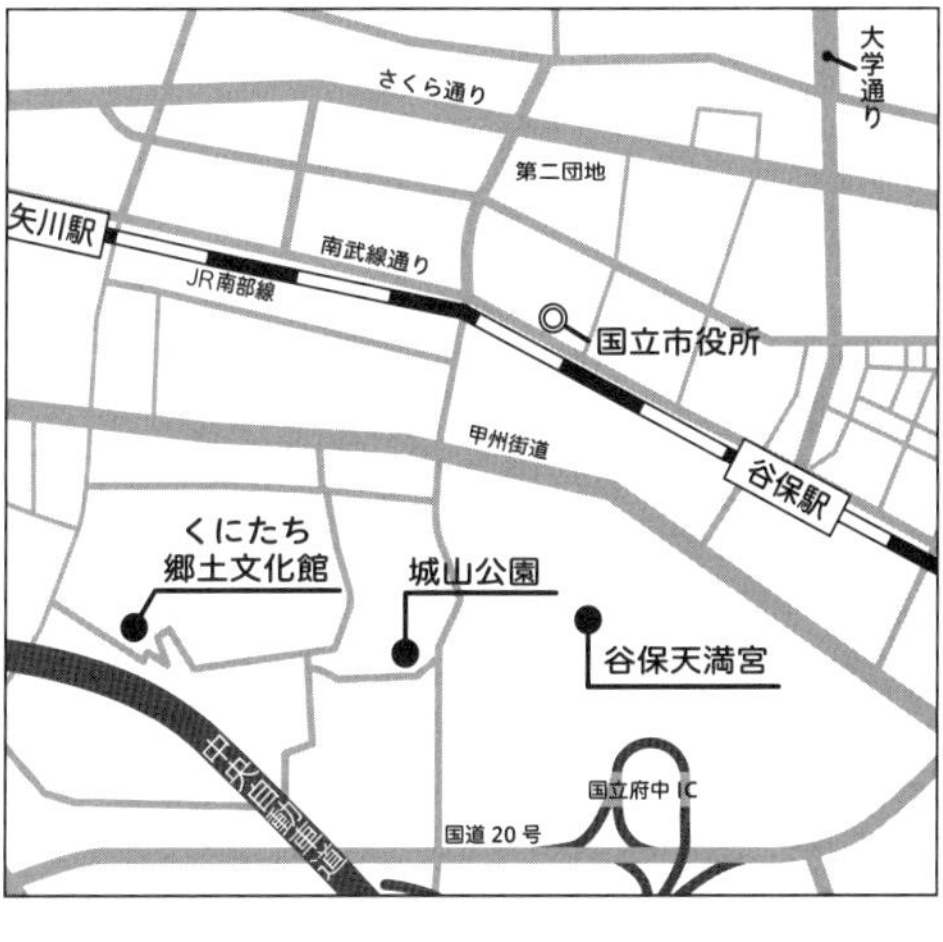

コラム　山口瞳の国立《くにたち》

中央線沿線あるいは東京の西郊を描く有名作家はこれまで見てきたように多いが、山口瞳のように徹底して自治体としての国立市の範囲に拘《こだわ》って小説やエッセイを多数書いた作家は例を見ない。国立は作家・山口瞳の基軸である。

川崎市のサントリー社宅から国立に転居したのが一九六四年三月、山口が三十七歳の時である。青少年の頃からの思い出深い土地ではない。

サントリーを退社し川崎市の社宅を出ることになり、一人息子の正介（作品では庄助）が桐朋中学に通学していたことから国立を選んだようだ。私も正介と同様に桐朋中学・高校には南武線を利用していた。南武線は京王線や小田急線とのアクセスもよく川崎や横浜にも比較的近いので、中央線とは異なるルートで国立に入ることができる。

山口正介（一九五〇〜）によると、国立駅と谷保駅の中間にある桐朋学園に親子三人で下見に行き、「僕は自然が豊かな環境が気に入ってしまった。瞳は子供のころに親しんだ軽井沢を思わせるのが気に入ったのではないか。」（『父・山口瞳自身』P＋D BOOKS 二〇二〇年）という。

山口瞳は住み始めてすぐに国立の町が好きになった。全国紙の日曜版に連載した『わが町』では大規模団地が出来たばかりの一九六〇年代中頃の国立を詳細に描いている。エッセイと小説を融合した作品だが、小説の形式をとっているので国立《くにたち》とは記さない。けれども町の描写は国立そのものである。


この町は、T町と、古くからの宿場町として賑わったF町との中間にある。こういう町は「間《あい》の宿」と呼ばれるようだ。（中略）ヤマは、駅と大通りを中心にして、学校群と、商店街と、住宅街になった。この、ヤマと本村の中間の畑を住宅公団が買いいれた。たちまちにして、鉄筋四階建のアパートが建ちならんだ。

従って、この町は、ヤマと団地と本村に三分されることになったのである。

山口瞳『わが町』新潮社 一九六八年

山口は郷土史家の書籍を参考にして書いた。

原田重久さんの『国立風土記』という書物を読み、町の歴史を知るようになりました。

中央線国立駅や、箱根土地の開拓した住宅街だけが国立市であるのではなく、実は甲州街道に沿った村に古い歴史と文化のあることを教えてもらいました。私はますます、この町に興味をいだき、愛するようになったのです。
町に歴史があり、また、奇蹟的ともいえる美しい町を保つために多勢の方の愛情や努力のあったことを知りました。
歴史とか風景だけでなく、この町の人たちが、私の知るかぎり、いい人ばかりであることがわかり、私は嬉しくなったのです。(中略)
私は、この町を主人公にした小説を書きたいと思うようになり、朝日新聞に『わが町』というものを連載したのです。

山口瞳「国立市と私」　原田重久『国立歳事記』所収　逃水亭書屋　一九六九年

山口は町の市井の人との交流を大切にした。終の棲家としたのは国立の人々との親密な関係をずっと続けたかったことが直接の動機だが、町の構造もあると思われる。山口の妻は不安神経症があり電車に乗ることができない。夫婦で国立の町を散歩するのが日課となっている。

国立市は綺麗に区画整理された地区と公団住宅の地区そして古くから人が住んでいた甲州街道沿いの地区に大きく三区分されている。

これは郊外の三要素でもある。国立の特色の一つは、市では全国で四番目に狭い面積である約八平方キロメートルの中に三要素のエリアが明確に分かれているということである。地形にも変化があり湧水が豊富で多摩川も近い。しかも全て徒歩圏にある。

だから全国紙に国立の町だけを描いても、郊外の町に共通するところと国立独自のところが程よくブレンドされているので、全国の読者に興味を持って読まれたのではないのだろうか。

亡くなる二年前、山口は国立への思いを次のように書いている。

山口瞳文学碑
1997年建立 関敏制作（谷保天満宮・梅林内）

昭和三十年代の終り、東京オリムピックの年に国立市（当時は東京都北多摩郡国立町）へ引越してきた。東京の下町に生まれ育って浅草向島を中心とした隅田川近辺しか知らず、神経性の患者である妻は、さぞ心細いことだったろう。東京は山の手線の内側だけでいい、三鷹市から西のほうは凍土地帯《ツンドラ》だと半分は本気で考えていた私も同様だった。（中略）

私は国立市を永住の地にしようと思っている。おそらく女房も同じ考えでいると思う。いや、もし、この町を出ていこうと私が言い出したら、女房は顔面蒼白になって抗議するだろう。

山口瞳「国立　谷保の文蔵のモツ焼き」『行きつけの店』

ＴＢＳブリタニカ 一九九三年

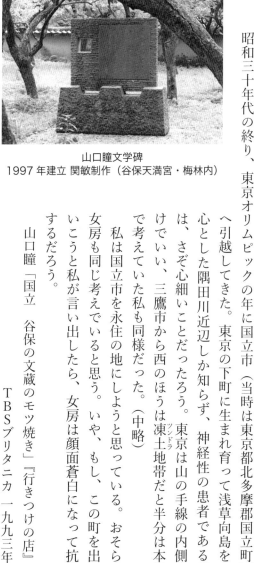

多和田葉子『犬婿入り』　北区と南区

芥川賞受賞作であるこの作品のタイトルは、作者の多和田葉子（一九六〇～）が小説を書いている時に、ハンブルク大学日本語学科図書室で福田晃「犬婿入りの伝承」を手に取り読み込んだ記憶が蘇り、小説を裏から支配した結果だという。

しかし、異類婚姻譚《たん》を表す「犬婿入り」が小説の中身を規定しているのではない。『犬婿入り』の基軸は南北問題を想起させる北区と南区にまつわる物語である。

南区にある〈キタムラ塾〉は不思議な雰囲気の北村みつこが経営する。子供たちには〈キタナラ塾〉と呼ばれ愛され子供が行きたがるので流行っている。公団住宅の一角に〈キタムラ塾〉と書いた汚らしい貼り紙が一年以上前から貼ってある。鳩の糞がこびりついて変色しているので、わざわざ剥がそうとする人もいない。

なにしろこの団地では団地文化が始まって三十年の間に、自分の家の中は毎日きちんと片付けても外の通りに捨てられていた気味の悪い物には触わらない伝統が定着し、道の真ん中に車にひかれた鳩がつぶれていても、酔っぱらいのウンチが落ちていても、それを片付けるのは市役所の仕事と決めつけていて、この貼り紙にしても、そのうちボロキレのようになって空中分解してしまうまで触ってみようという人はいないだろうというほどの無関心ぶり。

北村先生は時々奇妙なことを言う。小学生は母親に次のように報告する。

「北村先生がね、一度使った鼻紙でもう一度鼻を拭くとやわらかくて暖かくてシットリして気持ちがいいですよ、そうやって二度使った鼻紙を、三度目には、お手洗いでお尻を拭く時に使うと、もっと気持ちがいいですよって言っていたよ」

清潔な団地文化で暮らす母親はこんな話を聞いて混乱し、「倹約の精神に貫かれた真面目な話」などと無理に合理的な解釈をしようとする。北区と南区では歴史的な性格が異なる。

そもそもこの町には北区と南区のふたつの地区があって、北区は駅を中心に鉄道沿いに発達した新興住宅地、南区は多摩川沿いの古くから栄えていた地域で、今では同じ多摩に住んでいても南区の存在すら知らない人が多いけれども、北区に人が住み始めたのはせいぜい公団住宅ができてからのこと、つまりほんの三十年ばかり前のことで、それに比べて多摩川沿いには、古いことを言えば、竪穴式住居の跡もあり、つまりそのような想像も及ばない大昔から人が暮らしていたわけで、稲作の伝統も古く、（中略）そんな南区に団地の子供たちが出かけて行くのは、以前は写生大会とカエルの観察の時くらいだったのが、キタムラ塾ができてからは、子供たちは塾へ行く日が来ると、まるで団地の群れから逃れようとでもするように、せかせかと多摩川の方向へ向かい、広い自動車道路を渡って、神社の境内の隣を通って、梅園をこっそりくぐりぬけて近道し、……

谷保天満宮

多和田が国立《くにたち》の建ったばかりの富士見台団地に入居したのは小学校入学直前の一九六六年、以後、一九八二年に早稲田大学を卒業しハンブルクに在住するまでこの団地で暮らした。『犬婿入り』は国立での多和田の体験を元に構想されている。

富士見台団地が出来た当時、国立では下水道整備が遅れていたので、水洗トイレのある団地で暮らす人々の生活は、清潔さが際立ったのではないのだろうか。

一方、北村みつこは南区の人ではない。二年前に転居してきた。「その土地で昔から農業を営んでいた一家が土地の一部を売り払って、そのお金で駅の近くにマンションを建て、自分たちもその一室に移り住んで、その家を取り壊してしまおうとしていたところに」その家を借りた。

物語は後半、一挙に不可解な世界に入り、〈キタムラ塾〉はもぬけの殻になる。その後には持主により家が取り壊されてアパートが建つことになり、その工事が始まったところで終わる。汚く不思議な〈キタムラ塾〉は南区が無秩序に開発されていく狭間に出来た空間だったのだ。その空間に土地の原初的な記憶が宿った。

ところで私は北区と南区という表現に関心を持った。RCサクセションに「国立市中区3－1（返事をおくれよ）」（一九七二年）という曲がある。東区のバス停名は今もある。実は一九二六（大正一五）年の箱根土地による国立大学町分譲地区画図には、既に東区、中区、西区が明記されていた。

厳島神社・弁天池（常盤の清水）谷保天満宮内

国立市民だった多和田は区名が小字名などに使われていたことを知っていたので、小説内の地域名を北区と南区としたように思える。

多和田葉子『犬婿入り』講談社文庫　一九九八年　講談社　一九九三年

コラム　多和田葉子の移動

日本語とドイツ語の両方で別の作品を発表している世界文学の旗手・多和田葉子は移動作家と自身を規定している。二〇〇五年の春から二〇〇六年末までに訪れた四十八の町を書いたエッセイ『溶ける街　透ける路』は、多和田の移動生活が具体的に描かれておりたいへん面白い。移動する目的の大半は朗読会やワークショップや講演会などの仕事である。欧米では文学フェスティバルが盛んに行われている。たとえば、サン・マロというフランスブルターニュ地方の町の文学フェスティバルの概要は次のとおりである。

フェスティバルは、ブックフェア会場と、そこで行われるサイン会と、無数の座談会から成り立っていた。三日間の間、朝から夕方まで並行していくつも作家の座談会が行われているが、どこへ行っても人がたくさん来ている。一番大きな会場には二、三百人入る。入場料は、一日総合券が八ユーロ。

このフェスティバルはパリから貸し切り列車が出ているほど大規模なものである。まるで音楽フェスティバルのようだ。多和田も一年中ツアーをしているミュージシャンのようである。ツアー先で曲を書いているミュージシャンと同様に多和田は旅先で原稿を書いているのである。ただし近年は、世界的なパンデミックによりさらにロシアのウクライナ侵攻という事態により、以前のような旅はできなくなっている。

日本の文学館数は世界最大で文学館として独自の進化を遂げているが、一方、欧米では文学イベントが盛んである。この違いはどこにあるのかを考えると興味深い。

この書でもうひとつ興味深かったのは、使われなくなった倉庫や工場などが文化施設に生まれ変わる事例が多いことである。私は日本エコミュージアム研究会会員としてベルギーとフランスのエコミュージアムを視察したことがあるが、エコミュージアムを標榜していなくても歴史的建造物が文化的に活用されていることを知った。

多和田のこのような旅の原点は実は国立《くにたち》の町にあったのである。エッセイ「生い立ちという虚構」では、国立市での幼年時代や町の印象について書いている。

下見に行った時に見た建ったばかりでまだ人の入っていない団地の群れは不気味だった。真ん中に〈遊園地〉なるものがあり、壁に丸い穴のあいたものや、カタツムリのばけもののようなものや、馬の肋骨のようなものが点々と置かれ、色とりどりに塗られていた。なんだか自分が急に小指くらいの大きさになってしまって、意味の分からない世界をさまよっているようで、今ふりかえってみても、団地の建物も、この奇妙な遊園地も、故郷などという言葉とはほど遠いイメージを持ち続けている。

建物は、「記憶を体現する生き物になってくれない」ので、故郷の痕跡を多和田は探す。

富士見台第二団地　児童公園

多摩川に〈自然〉を感じた記憶はない。多摩川は児童図書室と同じで、中野にいた時には知らなかった変なもの、変だけれども心おどる新鮮なもの、という気がしていた。しかも多摩川に近づけば近づくほど、何か別の世界に入っていくようで、たとえば国立駅の南口を出て、まっすぐ多摩川の方へ歩いていくと、まるでひとつの物語のいろいろな層を通り抜けて歩いていくような気がしないでもない。つまり国立市がひとつの物語だとするとそこには浅いところと深いところがあるのではなく、同じ表面にいろいろな層が並んでいる。（中略）〈農村〉と言っていいような落ち着いた、それでいてどこか説明しがたい不思議な雰囲気を残しているのが谷保で、わたしの育ったのはその中間の団地地帯、無機質な、それでいて一番人間のたくさん住んでいる地帯なのだ。

畑の中の富士見台第二団地　1965 年
提供：くにたち郷土文化館

多和田文学の発想の原点を見るような表現である。このエッセイには書かれていないが、国立市の富士見台団地は土地の一部が買収できなかったため、第一団地から第三団地まで分かれている。どの団地も南武線に近く、今は住宅が密集しているが畑の中に建てられた。多和田の住んだ富士見台第二団地は三百五十戸と全体で二千戸以上の富士見台団地の中でももっとも小規模であり、入居当初は近隣と隔絶したような感じがあったのではないだろうか。そこから南武線と甲州街道を越え、南に下ると水田が広がり多摩川に続く。北は大学通り周辺の住宅地と大学や高校。市役所や中央図書館はすぐ近く。子供の徒歩圏でもいろいろな層が並んでいる。このような場所で多和田は育った。

多和田葉子『溶ける街　透ける路』講談社文芸文庫 二〇二一年　日本経済新聞社 二〇〇七年
多和田葉子「〈生い立ち〉という虚構」『カタコトのうわごと』青土社　新版 二〇二一年
一九九九年

松本清張『ゼロの焦点』

基地の街の風俗

多摩地域の中で近年もっとも大きく変貌し、地域最大の都市になったのが立川。その玄関口である立川駅北口からの北西数キロの町は高度経済成長期に夢見た近未来都市のようだ。そんな立川の戦後を描いた『ゼロの焦点』は松本清張の代表作のひとつである。板根禎子《いたねていこ》（二十六歳）は広告代理店勤務の鵜原憲一《うはらけんいち》（三十六歳）と見合い結婚したが、夫はまもなく失踪した。禎子はその行方を探すうちに、夫が以前、立川警察署の風紀係に勤務していたことを知る。禎子は立川に行く。

禎子には初めての町だった。外国兵が広い通りを歩いていたが、赤い色彩をつけた日本の若い女が腕を組んでいた。すぐ頭の上を、びっくりするような音を弾《はじ》かせて大きな軍用機が上昇した。歩いている人は慣れているのか、耳をおおいたいくらいの爆音でも、上を見る者もなかった。

立川の警察署は大通りから、かなりはいった場所で、大きくない建物だった。

立川北駅（多摩モノレール）近く

禎子が訪ねたのは昭和三十年代前半だが、鵜原が立川警察署に勤務していたのは占領下だった。夫をよく知る葉山警部補は次のように話す。

「いまでも、米軍の航空部隊の基地になっていますが、当時は、米軍人がこの小さな町にあふれていました。日本人の数が半分ぐらいに少なく見えたくらいです。それと、日本人だかアメリカ人だか分からないようなパンパンが、米軍人と同じくらいに多かったのです。現在は、米軍が引き上げて人数が少なくなり、女のほうも火が消えたようになりましたが、その頃《ころ》は大変なものでした」

夫はそこでパンパン（主に在日米軍相手の街娼）の取締りをしていたという。夫の前任地の金沢では立川でパンパンをしていた女性のひとりが婦人指導者として地元の名士になっていた。そこから起こる連続殺人事件と自殺。家族を亡くしたり家が没落したりした人が多かった戦後の混乱期にそのような仕事をせざるを得ない人々がいた。

立川飛行場は戦後米軍に接収され、立川は米軍基地の町となった。その影響を受けた国立《くにたち》の

昭和記念公園

市民が文教地区指定の運動を組織化し、一九五一（昭和二六）年に広く一橋大学周辺が指定された。その後立川の米軍基地は、紆余曲折を経て横田基地に移駐し、一九七七（昭和五二）年に全面返還された。跡地は、昭和記念公園や自衛隊駐屯地をはじめ官公庁街やショッピングセンターなどに生まれ変わり、まったく新しい町となった。現在、町の中で米軍基地の痕跡を見つけることはほとんどできない。しかし、戦後の一時期、この小説に描かれたような時代があったことを忘れてはならないだろう。

なお、よくテレビのサスペンスドラマや映画などで断崖絶壁が舞台となるが、それは『ゼロの焦点』が起源である。清張が能登半島の西側の能登金剛に行った時は、荒涼として家が一軒もなくそこにロマンを感じたというが、現在は観光地として賑わっている。

松本清張『ゼロの焦点』新潮文庫 一九七一年　光文社 一九五九年

8

日野・八王子の文学風景

八王子駅北口周辺

日野・八王子周辺を描いた作品

日野市と八王子市内に中央線の駅は五駅ある。八王子駅は甲武鉄道開通時から少し遅れたが同年の開業。日野駅は一八九〇（明治二三）年、豊田駅は一九〇一（明治三四）年、西八王子駅は一九三九年（昭和一四）年そして中央線の西の終着駅である浅川駅（現・高尾駅）が一九〇一年開業である。

松本清張『犯罪の回送』

日野駅周辺を描いた作品では、作者が亡くなった一か月後に刊行された清張最後のミステリー小説『犯罪の回送』が目に付く。北海道北浦市長の死体発見場所として日野が描かれている。死体を発見し通報したのはその近くの地主と日野駅前の不動産業者及びその土地の購入者の会社員である。場所は次の通り。

現場は日野市日野××番地で、甲州街道から川崎街道に通じる狭い道路を実践《じっせん》女子大学へ向かってしばらく行った左手の雑木林の中だった。この辺りには、住宅がひろがっているもののところどころに武蔵野の面影《おもかげ》が残っていた。

短い都道である川崎街道が明記されているところに地元感がある。現場までは中央線の日野駅または京王線の高幡不動駅のどちらからも徒歩十五分と実際よりも少し短く書かれている。どちらからも徒歩十五分は次の駅の豊田駅と平山城址公園駅（京王線）との距離だろう。

尾辻克彦『父が消えた』

前衛芸術家の赤瀬川原平（一九三七〜二〇一四）は一時期、尾辻克彦のペンネームで小説を書いていた。芥川賞受賞作の『父が消えた』を要約すると、父が亡くなり都営墓地の見学のために中央線に乗り三鷹から高尾まで行く。その間、これまでの家族との生活が回想される。それだけの物語だが、独特の表現に魅力がある。

私と同行の馬場君は高尾駅で降りる。駅に立つと、「まるで前から名前だけ知っていた有名人の前に立ったみたいで、少しアガッてしまうのだ」という。八王子霊園を目指して坂道を歩く。

> 坂道は楽しい。登り坂もいいし下り坂もいい。坂道を歩くだけでわくわくしてくる。（中略）平たい町には楽しみがない。何か仕事だけがギッシリと詰まっているようだ。坂のある町には冒険がある。

霊園の事務所で説明を聞くと墓石の大きさに規制があるという。隣は私営霊園である。

そちらはお金さえ払えばいくらでも大きな立派なお墓が建てられるという、いわば金本位制の霊園なのである。つまり一本の道をはさんで左側には平等主義の霊園、そして右側には資本主義の霊園があるというのだった。

星野智幸『俺俺』

大江健三郎賞受賞の異色の「俺」小説が星野智幸（一九六五〜）の『俺俺』。他者の存在に耐えられなくなり俺が増殖するが、俺ばかりになり相互に削除するようになる。俺は俺らの連帯があった頃に行った高尾山に再度行く。廃墟と化していた。

高尾山に来たところは、都心の繁華街かと思うほど**俺**がひしめいていた。登山道はおろか、道を外れた雑木林にも**俺ら**がうろうろしていた。（中略）削除に次ぐ削除を繰り返し、気がついたら**俺ら**は激変していた。今では、足跡や食物を取った形跡を目にすることはあっても、姿を見かけるのは何日かに一人ぐらいだ。

俺は高尾山を出ることにし、高尾町の住宅街まで歩く。そこで自己を取り戻す。

重松清『定年ゴジラ』

西八王子駅から南西に約二キロメートルのところにある「めじろ台駅」(京王高尾線)は一九六七(昭和四二)年に開業した。駅の設置に合わせて開発された「京王めじろ台住宅地」をモデルにした物語。ロングセラーとして今も多くの人に読まれている。作者の重松清(一九六三〜)は二十九歳の時からめじろ台に住んでいた。小説の『定年ゴジラ』は、「めじろ台」を都心からの距離を含め多少デフォルメしているが、郊外の大規模住宅開発地に長く暮らす人々の現在をリアルに描いている。住民は、「綿密なマーケティングリサーチによる坪単価設定ゆえか、くぬぎ台の住民の暮らしぶりはみごとなほど似通っている。」という。開発当時から住んでいる人々は定年を迎えていた。戦前生まれの高度経済成長を支えた人たち。その世代の男性の喜怒哀楽を描き共感を呼ぶ。

松本清張『犯罪の回送』角川文庫 一九九三年　角川書店 一九九二年
尾辻克彦『父が消えた』河出文庫 二〇〇五年　文藝春秋 一九八一年
星野智幸『俺俺』新潮文庫 二〇一三年　新潮社 二〇一〇年
重松清『定年ゴジラ』講談社文庫 二〇〇一年　講談社 一九九八年

笙野頼子『居場所もなかった』

上京者が見た風景

笙野頼子（一九五六〜）は一九九四（平成六）年に「二百回忌」で三島由紀夫賞受賞そして「タイムスリップコンビナート」で芥川賞受賞の同一年複数受賞という快挙を成し遂げるなど先端の現代作家として注目されてきたが、それ以前、一九八一年の群像新人賞受賞から一九九一年の野間文芸新人賞受賞まで暗黒の一〇年があった。「居場所もなかった」は文字通り居場所もなかった暗黒時代の住宅事情を描いている。

作者を思わせる私は、大学生の時から住んでいた京都を離れ、一九八五（昭和六〇）年三月、二十九歳の時に、追い詰められた気分で東京に居を移す。三重県伊勢市に生まれずっと関西に住んでいた私は、三月の東京が寒々としていることに驚き東京は東北の南端に思えた。「友達も貯金もなく将来もなかった」私には、中央線沿線の景色は荒涼として見えた。

桃の低木が目立ち、温かな印象の家が続く西荻窪のあたり、視界が開けすぎて畑と工場が目に付く武蔵小金井、なんとなく荒い印象の立川、暗い山の迫っている日野、というところ、特に日野から立川までの畑と新興住宅の眺めが、おそらくは日本のどこにでもあるごく普通の家々なのだろうに、私には、まるで関東の象徴のように思えたのだった。西陽の射し方まで荒涼としていた。

武蔵野近辺は地盤が固いとの知識や家賃や新宿までの時間などを根拠に八王子で住宅を探す。駅から大通りを歩くが街は殺風景で寂しく、河の水はほとんど枯れていて閑散とした印象だった。車の運転まで乱暴に思えた。

八王子駅北口前大通り

けれどもたまたま女性専用の当時としては貴重なオートロック付きの新築マンションを比較的安く借りられることになった。大家は私が八王子に来た理由を訊いた。

私はただ、電車に乗ってずーっと来ました、中央線で来たのです、と答えるくらいのことしか出来なかった。八王子は初めてですかと重ねて訊かれた。ええ、と答えると、いきなり初めてのところに住むのですか、となにか侮辱を受けたような目付きをした。

それでも大家は私の芥川賞受賞を期待していた。私は書いた原稿のほとんどがボツになり、たまに文芸誌に掲載されるだけの単行本が刊行されることのない無職に近い作家業。実際、笙野は一九九一年の途中まで真珠商を営む父からの仕送りで生活していた。このマンションに住み続けたが、六年後に契約更新をしないと言われる。バブルによりマンションの資産価値は上がり、大家は効率のために女子学生専用マンションに切り替えたのだ。そこから私の迷走が始まる。

仕送りに頼る低収入の女性の自営業者なので、安全と外界からの遮断のためにオートロックマンションに固執しなおかつ方位も気にして部屋探しをするものの、なかなか決まらない。不動産業者とのやり取りが続く。やがて〈不動産ワールド〉という幻想世界が出現する。

この小説を途中まで書いたところを編集者に見せる場面が描かれている。大手出版社に勤務する男性社員には私の部屋探しの苦労と屈辱が理解してもらえない。

——だから東京の住宅事情に怒ってるわけですよ。主人公は。住む場所はないし、それでも出て行かなければならないのだ。

——あのね、出て行かなくてはいけないところまでは面白いんですよ。でもそのあとずーっと繰り返しているでしょ。部屋がなくてずっと捜し続ける。歩きくたびれてやっと見付ける、ついに入れると思うとまた入れない。全部同じですよ。出てくる不動産業者だって全部同じようにしか見えないいんだ。

（中略）

――えーっと、だからね、長い単調な時間のリアリティというもの、繰り返しの難儀、期待しては裏切られ追い詰められて行くわけ。体は小市民で、心は無頼派になるの。

――だからって誰もこんなに困ったりしませんよ。どうしてたかが部屋ひとつで追い詰められるんでしょう。

不動産業者との問答も同様だが、たぶん笙野との間にこの通りの会話はなかったように思う。これらの会話は双方の心の声を笙野が救い上げ文字に起こしたのではないのか。だからこそ惹きつけられる。

この小説は、トラック騒音が酷い小平のマンションに住んでいる時に八王子のマンションに住んでいた頃を思い出し、その後、中野の下町のプール付きマンションに住むところで終わる。年収も五十万円から三百三十万円に増えた。笙野の小説は猫以前と猫以後というそうだが、「居場所もなかった」は猫を飼っていない猫以前の小説である。

笙野頼子「居場所もなかった」『猫道 単身転々小説集』所収 講談社文芸文庫 二〇一七年
『居場所もなかった』講談社 一九九三年

篠田節子『絹の変容』

織物の八王子

かつて八王子は東京のなかでも特に自立性の高い都市だった。他県なら県庁所在地と双璧をなす県内第二の都市に該当する存在だろう。実際、一九一七（大正六）年に東京府で東京市に次いで二番目に市制を施行している。現在の八王子市は四度にわたる隣接町村との合併により約一八六平方キロメートルに及ぶ広大な面積を有しているが、市制施行時には国立市よりも狭い約七平方キロメートルに四万二千人が住んでいた。

その旧八王子市は織物の町として栄えていた。八王子駅北口ロータリーには「織物の八王子」のシンボルタワーが一九九五年まであった。篠田節子のデビュー作であり小説すばる新人賞受賞作『絹の変容』は、そんな八王子の織物にまつわるSFホラー小説である。

「織物の八王子」シンボルタワー（1983年頃）
提供：八王子市

長谷康貴《はせやすたか》の現在の家業は包帯会社であるが、二〇年前までは織物業だった。ドルショックを契機にした繊維不況により織物から撤退した。父が経営している包帯会社で二代目として働いているが身が入らない。そんな時、土蔵から今まで見たこともない虹色の光を放つ祖母の形見の絹布を発見した。塩山市《えんざん》の外れにある祖母の故郷で自生する希少な野蚕から織った手作り品だった。八王子市繊維開発センター研究員の有田芳野《よしの》の協力を得てその量産化に取り組む。陣馬山の麓《ふもと》に長谷家の放置されている栗林があった。「開発規制が解かれ、値上がりするのを待っているだけの土地」である。そこに巨大な蚕の飼育棟を作った。有田は研究員を辞め、バイオ技術により蚕の改造に取り組む。しかし、このバイオ蚕で織った製品は、一部のアレルギー体質の者には強毒だった。死者も出た。さらに、雑食に変わっていたバイオ蚕は飼育棟から逃げ出し異常繁殖し狂暴になる。八王子の町はパニックになる。市役所は緊急予算を組んで、大規模な駆除を行う。

比較的動きの鈍いといわれる昼の内に、河原の草をバーナーで焼くことになったのだ。浅川は八王子の繁華街の北、二キロ足らずの所を東西に流れる一級河川である。大量の下水が流れ込んで水は悪臭をはなっていたが、河川敷は広々として、古タイヤや、不法投棄された不燃ゴミを覆い隠して、ススキや葦《あし》が一面に生い茂っていた。（中略）

炎の直撃を受けた所は、一瞬、虫がまばらになる。それだけだ。かれらの体が燃えるわけではない。かれらは移動する。幅百メートルの帯になってせり上がった集団に、少しばかりの火炎放射は何の効果もない。作業員は、逃げ出していた。毛虫も、どぶねずみも見慣れていたが、こんな怪物じみた芋虫の群れを見たものはいない。

その後、日野市にまでバイオ蚕は出現してきた。

大量の薬剤を浴びても、彼らの行動は鈍らないのだ。さほど表皮の固くなっていない、小さな脆弱《ぜいじゃく》な身体に、薬が効かない。昨年、八王子である程度の効果を上げたはずの殺虫剤が、効かないのだ。わずかの間に、彼らは、薬への耐性を身につけてしまっていた。

浅川大橋から見る浅川上流

アレルギー疾患のある者が狂暴になった蚕に咬まれると、体内で形成された抗体が宿主を攻撃し、まもなく運動機能障害と呼吸困難で亡くなる。有田は命を懸けて処置をする。この小説はコロナ禍の今読むと、まったく古びていないことにあらためて気づく。

作者の篠田節子（一九五五〜）は八王子生まれ。小学校は荒井呉服店の次女である松任谷由美（ユーミン）も通った旧市街にある市立第一小学校。篠田は松任谷の二学年下になる。当時、通学路には成人映画の看板があった。戦後の闇市の雰囲気がまだ残っていた地域だった。高校は市内の都立富士森高校。大学だけは市外だが中央線沿線の東京学芸大学（小金井市）である。ほとんど八王子周辺で学生生活を送る。そして就職は八王子市役所。市内転居はしているが今も八王子市内で暮らす生粋の八王子っ子。生まれ育った場所周辺で暮らし続ける有名作家は中央線沿線に限らずほとんど例がない。篠田は『絹の変容』をはじめ八王子が舞台の小説も多いが、次のように八王子を描くことに意識的である。

ボーイミーツガールの類《たぐい》のいい話ならともかく、浅川北側の一帯を芋虫の大群に襲撃させたり、市内全域で脳炎の感染爆発を起こしたり、代々続く地主の家を滅ぼしたり、ニュータウンの家庭を崩壊させたり、毎回ろくでもない話の舞台に使うのだから、多少良心の痛みを感じないわけではない。（中略）

歴史的事件とゆかりの人々で誇らしげに語られる郷土史の底に、黒々と横たわる、風土と情念の得体《えたい》の知れぬ融合体。それを無意識に拾い上げて物語に組み入れることができるのは、意に反して、地元の引力圏から脱出しそこねた作家の特権であるように思える。

「土の力——地元・八王子だって負けてはいない——」

『「森の人《オランウータン》」が食べるブドウの味』所収

篠田は「一人娘という事情から地元に留《とど》まることを余儀なくされた」という。実家は昭和戦前、大きな機屋《はたや》であった。しかし、旧市街の大半が焼失した一九四五年八月二日の米軍の八王子空襲により全てを失う。篠田の父たちは土地も取られ住むところもないため、バラックを建てて暮らしていた。八王子には戦前栄えていた町を象徴する街並みがない。そこには眼に見える町の歴史を抹殺された景色が横たわっている。

篠田の小説は、働く女性たちを描いた直木賞受賞作の『女たちのジハード』を始め非常に幅広いが、その中でホラー小説が多いことの要因のひとつは八王子の空襲にあるのかもしれない。

ところで『絹の変容』で描かれた浅川は地域を象徴する河川である。大きな川ではあるが多摩川に合流するため八王子市から日野市までが流域である。そのため両市の市民以外にはあまり知られていない。私は日野市内の浅川近くに住んでいたことがあり、多摩川ほど広くない浅川の川幅が今でも心落ち着く。浅川の水はこの小説で描かれた頃とは異なり、下水道整備により現在は澄んでいる。

『絹の変容』は市役所勤務の時に執筆した。その後、退職し作家専業となる。八王子市役所に一般事務職員として十数年勤務したことも篠田の作家形成に寄与したのではないだろうか。

いくつかの職場を異動しているが、篠田は福祉事務所の事務職として勤務していたことがあった。連作短編集『死神』はその経験を生かし、ケースワーカーの奮闘と生活保護の実態を描いている。具体的な事例をモデルにすることは個人のプライバシーがあるのでできないため、虚構の話を作った。けれどもその話に汎用性があり身に迫る物語となっている。二〇一四年より雑誌連載されている柏木ハルコの漫画『健康で文化的な最低限度の生活』はロングセラーとなっている。テレビドラマ化もされ話題となった。それより約二十年前にこのような物語が生み出されている。その社会性と筆力に感銘を受けた。

篠田節子『絹の変容』集英社文庫 一九九三年
集英社 一九九一年
篠田節子『「森の人《オランウータン》」が食べるブドウの味』
小石川書館 二〇一七年
篠田節子『死神』文春文庫 一九九九年
実業之日本社 一九九六年

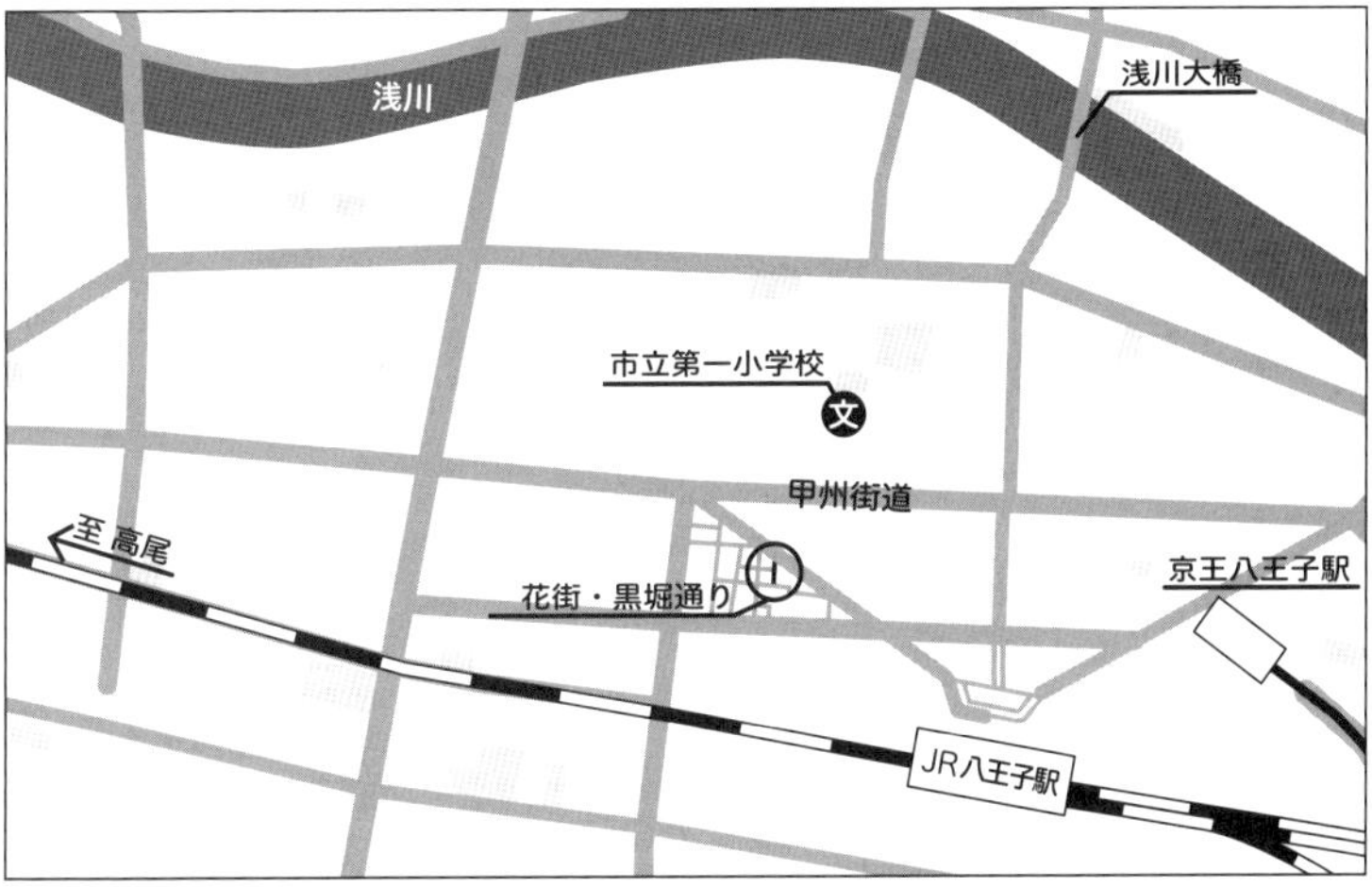

主な参考文献

〔全　般〕

三善里沙子『中央線なヒト』小学館文庫 二〇〇三年
中村健治『中央線誕生　東京を一直線に貫く鉄道の謎』交通新聞社 二〇一六年
鈴木伸子『中央線をゆく、大人の町歩き　鉄道、地形、歴史、食』河出文庫 二〇一七年
中央線総合研究会『中央線格差』宝島社 二〇一八年
栗原景『地図で読み解くJR中央線沿線』三才ブックス 二〇二〇年
永江雅和『中央沿線の近現代史』クロスカルチャー出版 二〇二〇年
坂上正一『全駅紹介　中央線（東京〜高尾）ぶらり途中下車』フォト・パブリッシング 二〇二一年
陣内秀信・三浦展編著『中央線がなかったら　見えてくる東京の古層』ちくま文庫 二〇二三年
　NTT出版 二〇一二年

第一章　文学のなかの風景

小林信彦　写真荒木経雄『私説東京繁盛記』中央公論社 一九八四年
小林信彦『昭和の東京、平成の東京』筑摩書房 二〇〇二年

第二章　東中野・中野の文学風景

三浦展『東京田園モダン　大正・昭和の郊外を歩く』洋泉社 二〇一六年
大江健三郎　聞き手・構成尾崎真理子『大江健三郎　作家自身を語る』新潮文庫 二〇一三年
大江健三郎『静かな生活』講談社文芸文庫 一九九五年　講談社 一九九〇年

小島信夫『抱擁家族』講談社文芸文庫 二〇一六年　講談社 一九六五年
東山彰良『流』講談社文庫 二〇一七年　講談社 二〇一五年
落合恵子『「わたし」は「わたし」になっていく』東京新聞 二〇一四年
三浦しをん『まほろ駅前多田便利軒』文春文庫 二〇〇九年　文藝春秋 二〇〇六年

第三章　高円寺・阿佐ヶ谷の文学風景

泉麻人『東京23区物語』主婦の友社 一九八五年
森泰樹『杉並郷土史叢書5　杉並風土記中巻』杉並郷土史会 一九八七年
森泰樹『杉並郷土史叢書6　杉並風土記下巻』杉並郷土史会 一九八九年
『杉並文学館――井伏鱒二と阿佐ヶ谷文士――』杉並区立郷土博物館 二〇〇〇年
『平成29年度企画展「すぎなみの地域史Ⅰ　和田堀」』杉並区立郷土博物館 二〇一七年
『令和2年度企画展「すぎなみの地域史Ⅳ　杉並」』杉並区立郷土博物館 二〇二一年

第四章　荻窪・西荻窪の文学風景

高井有一「東京西郊」『街物語』所収 朝日新聞社 二〇〇〇年
井伏鱒二『貸間あり』鎌倉文庫 一九四八年『井伏鱒二全集』第11巻所収 筑摩書房 一九九八年
尾崎真理子『ひみつの王国　評伝 石井桃子』新潮社 二〇一四年
角田光代『八日目の蝉』中公文庫 二〇一一年　中央公論新社 二〇〇七年
郷原宏『清張とその時代』双葉社 二〇〇九年
櫻井秀勲『誰もみていない書斎の松本清張』きずな出版 二〇二〇年
『一九〇九年生まれの作家たち 松本清張生誕一〇〇年記念特別企画展』北九州市立松本清張記念館 二〇〇九年

第五章　吉祥寺・三鷹の文学風景

三鷹市芸術文化振興財団文芸課『三鷹市市制施行60周年記念展　三鷹ゆかりの文学者たち』三鷹市芸術文化振興財団 二〇一〇年
吉行淳之介『闇のなかの祝祭』講談社 一九六一年
島田荘司『都市のトパーズ2007』講談社文庫 二〇〇七年
辻井喬『暗夜遍歴』講談社文芸文庫 二〇〇七年　新潮社 一九八七年
奥泉光「三つ目の鯰」『その言葉を 暴力の船　三つ目の鯰』講談社文芸文庫所収 二〇一四年
「文學界」一九九二年一二月号
若竹七海『錆びた滑車』文春文庫 二〇一八年

第六章　小金井・国分寺の文学風景

『青年団と浴恩館──大いなる道を求めて──』小金井市教育委員会 二〇一七年
山崎ナオコーラ『リボンの男』河出書房新社 二〇一九年
山崎ナオコーラ「庭としての武蔵野」「武蔵野樹林」二〇二〇年夏　KADOKAWA
椎名誠『さらば国分寺書店のオババ』三五館 一九九三年 情報センター出版局 一九七九年
村上春樹『カンガルー日和』講談社文庫 一九八六年 平凡社 一九八三年
菅野昭正『小説家　大岡昇平』筑摩書房 二〇一四年
佐藤泰志『移動動物園』小学館文庫 二〇一一年　新潮社 一九九一年
福間健二『佐藤泰志　そこに彼はいた』河出書房新社 二〇一四年
成田清文『佐藤泰志をさがして「幻の作家」はいかにして復活したか?』言視舎 二〇二一年

中澤雄大『狂伝 佐藤泰志 無垢と修羅』中央公論新社 二〇二二年
黒井千次『眼の中の町』河出書房新社 一九七五年
黒井千次『枝の家』文藝春秋 二〇二一年

第七章　国立・立川の文学風景

南木佳士『落葉小僧』文春文庫 一九九六年　文藝春秋 一九九〇年
赤川次郎『死者の学園祭』角川文庫 一九八三年　朝日ソノラマ文庫 一九七七年
川村湊『満州崩壊 「大東亜文学」と作家たち』文藝春秋 一九九七年
東川篤哉『新 謎解きはディナーのあとで』小学館 二〇二一年
三浦朱門『武蔵野ものがたり』集英社新書 二〇〇〇年
村上春樹『村上朝日堂はいかにして鍛えられたか』新潮文庫 一九九九年　朝日新聞社 一九九七年
金澤信幸『フォークソングの東京・聖地巡礼 1968–1985』講談社 二〇一八年
『旧国立駅舎再築完成記念「赤い三角屋根」誕生――国立大学町開拓の景色――』
くにたち郷土文化館編集・発行 二〇二〇年
国立市史編纂委員会『国立市史（下巻）』国立市 一九九〇年
松本清張『松本清張推理評論集 1957–1988』中央公論新社 二〇二二年

第八章　日野・八王子の文学風景

八王子市郷土資料館『八王子空襲』八王子市教育委員会 二〇〇五年
篠田節子『介護のうしろから「ガン」が来た！』集英社文庫 二〇二二年　集英社 二〇一九年

あとがき

近年、「地域と文学」というジャンルが広く認知されて来たように思える。日本の各地に県立や市立の地域文学館が多数設置されて来たこともそのジャンルの周知に関与しているのではないだろうか。

東京においても、都立の文学館こそ設置されていないが、区や市が設置する地域文学館あるいは地域博物館の機能に文学館を加えた施設はいくつかあり、様々な調査研究や展示などの事業を実施している。それらは市民の地域や文学への関心を高めることにも寄与している。だが、文学者個人の記念館とは異なり地域文学館の場合、ほとんど全て自治体が設置しているため、ゆかりの作家や作品は自治体の範囲に限定されている。

その一方、東京では特に、人々の日常生活は鉄道路線に沿って営まれている側面もあり、そこから生まれた文学を読み解いていくと、自治体別とは異なった面が見えるのではないかとも思っていた。中央線は東京の西郊で最初に出来た鉄道路線であり歴史があるため、いわゆる中央線本は数多く刊行されているが、文学作品を地域別に紹介する中央線本はなかったので、調べて見ようと思った。以前から部分的には調べていたが、二〇一九年からは依頼された講演内容ごとに期限を定めて調査した。そもそも中央線に限らず鉄道路線ごとに関連する小説などの文学作品を紹介する書籍はない。調べると面白く様々な発見があった。

本書はその発見を主に紹介している。教科書的な過不足のない作品紹介の本ではない。また、短い字数のなかでも、寄り道をしている。文学作品でも同様だが、寄り道がないと息が詰まるし、そこにも真実がある。

なお、私を含め、文学研究者ではない大半の文学好きな読者は、好きな傾向の作家や作品があり、その他の作品はあまり読んでいないのではないだろうか。小説を読むこと特に純文学の範疇とされている作品を読むには時間と気力が必要であり、有名作家の作品であってもほんの一部しか読むことはできない。

だが日本のなかの特定の地域特に自分にとってゆかりのある場所を限定して、関連する著名な作品を読むことならできそうに思えた。実際に試して見ると、作家ごとに地域を見る視点が異なり、地域の様々な側面が見えてくる。それも既存の都市社会学などの社会科学系の学問では見えてこない地域がその歴史的な変遷も含めて見える。文学でしか表現できないことがあるのだ。それは既存の学問で説得されても何か釈然としない理由が文学作品を読み解くことにより分かることでもあると思う。

そのことをどこまでお伝えできたのか自信はないが、中央線沿線という変化に富む地域を対象とすることにより、地域の奥深さが複眼的に見えてくれれば幸いである。

また、関連した作品を読むことにより、今まで苦手だと思って避けていた作家の作品の魅力に引き込まれることもある。本書によって新たに関心を持たれた作家や作品が生まれたら嬉しい。

中央線沿線は私にとって長く勤務した場所であり、今も住んでいる場所でもある。ただし、同じ東京の西だが私鉄沿線にも住んでいた。なので、無意識の内に違いを比較して記述していることもあるように思う。

また、中央線を基軸にしていても、地下鉄丸ノ内線、西武新宿線、京王井の頭線、西武多摩川線や西武国分寺線あるいは南武線そして京王線など他の多くの鉄道路線とも近い距離の場所が多い。少なくとも中央線の駅から二キロメートルぐらいまでは日常の生活圏が重なっているのではないだろうか。小説の登場人物たちも徒歩や自転車やバスで複数の路線周辺を行き来している。書名は「文学する　中央線沿線」だが、正確には「文学する　中央線沿線及びその近くの鉄道路線沿線」なのだろう。

そしてもう一つあらためて感じたことは、東京は鉄道を中心とした「まち」であり、それは遊歩都市でもあるということだ。幹線道路沿いに店が連なっていても「まち」にはならない。魅力的な小説が次々と誕生するのは歩いて楽しい都市であることによるのだと思う。逆に述べれば、作品からはこれまでの東京郊外の開発への批評が随所にあるように思える。

最後に、本書のテーマで調査研究し書籍としてまとめることが出来たのは、講演の機会を与えてくださったり、助言をしてくださった方々がいたからです。大学のゼミの友人であり葛飾図書館友の会の阿部（旧姓・若林）京子さん、国立市公民館の辻口朋香さん、くにたち郷土文化館学芸員の安斎順子さん、小金井市文化協会の福沢政雄さんそして三鷹ネットワーク大学推進機構の永田健さん（連続講座「中央線沿線の文学風景」担当）、その他多くの皆様に深く感謝します。

また、単著を書いたことのない者に出版の機会を与えてくださり、面倒な要望にも快く対応していただいた、川井信良会長、川村芳枝さん、宮川和久さんをはじめとするぶんしん出版の皆様にお礼を申し上げます。

そしてなによりも最後まで読んでくださった読者に感謝申し上げます。

二〇二三年三月

矢野　勝巳

矢野　勝巳（やの　かつみ）

法政大学社会学部卒。1978年三鷹市役所入庁。長年、文化事業に携わる。文学関連では、『没後50年太宰治展　心の王者』や太宰治文学サロン及び『三鷹市市制施行60周年記念展　三鷹ゆかりの文学者たち』等の企画・実施を担当する。三鷹市山本有三記念館館長及び三鷹市文芸担当課長を歴任。三鷹市役所退職後は、中央線沿線ゆかりの文学者や沿線を描いた作品の調査研究を行っている。著書に『歴史的環境の形成と地域づくり』共著（名著出版）等。

文学する中央線沿線
小説に描かれたまちを歩く

発行日　2023年 5 月 1 日　初版第 1 刷
　　　　2023年 8 月 1 日　初版第 2 刷

著　者　矢野　勝巳

発　行　ぶんしん出版
　　　　〒181-0012　東京都三鷹市上連雀 1-12-17
　　　　TEL 0422-60-2211　FAX 0422-60-2200

印刷・製本　株式会社　文伸

ISBN 978-4-89390-200-9
Printed in Japan © 2023 Katsumi Yano

著作権法上での例外をのぞき、本書の無断複写・複製・転載を禁じます。
乱丁・落丁本はお取替えします。